LE BAIGNEUR
DE DIEPPE

PAR

ROGER DE BEAUVOIR.

I

Vers cette partie de la ville de Dieppe qui regarde l'octroi et vient aboutir au port, étalant avec coquetterie la ligne blanche de ses maisons, on distinguait déjà, en 1827, plusieurs habitations dont le seul aspect faisait soupçonner le confortable. Dévolues presque toutes à des familles anglaises, elles offraient à l'œil une longue suite de stores bariolés, des portes d'un beau vert à bouton de cuivre luisant, des vitres nettes, et (chose assez surprenante pour la localité) quelques fleurs en caisse sur leurs fenêtres et leurs terrasses. D'élégantes cavalcades sillonnaient dès le matin le sable jaune étendu en guise de tapis devant leur façade, et le soir, comme dans une rue écartée de Naples, l'étranger, l'oisif promeneur, auraient pu recueillir en passant plusieurs mélodies argentines tombées du piano de quelque Corinne d'Écosse ou d'Irlande.

Au milieu d'une belle matinée du mois de septembre, la plupart de ces maisons dont nous venons de parler semblaient aspirer les brises rafraîchissantes de la mer par leurs croisées entr'ouvertes. Vers l'un des hôtels formant l'angle du quai se dirigeaient alors trois personnages qui causaient entre eux familièrement. Le plus âgé, par la seule coupe de son frac vert à gros boutons d'or, sur lesquels son tailleur avait flatté sa passion favorite en y sculptant d'énormes têtes de loup, réalisait assez l'un de ces gentlemen un peu voûtés que l'on voit dans les tableaux de chasses anglaises; le plus jeune avait la désinvolture d'un bon Parisien à tous crins.

Leur compagnon était un homme de trente-trois à trente-cinq ans ; il paraissait sérieux et méditatif.

— Voulez-vous donc absolument me présenter à lady Southwel, mon cher Rodolphe ?

— Assurément, docteur ; vous pouvez d'ailleurs lui être utile. Une femme nerveuse, souffrante...

— C'est l'heure de son lever, reprit le jeune baron Rodolphe de Nanteuil ; demandez à sir Robert...

Introduits bientôt par un vieux valet de chambre, ils trouvèrent lady Southwel dans un élégant boudoir ; elle tenait à la main et par contenance, sans doute, un journal anglais. A la pâleur étrange répandue sur sa belle physionomie, au sourire nerveux qui plissait ses lèvres minces, un observateur eût pu deviner qu'elle était en proie à quelque combat violent. Elle eut quelque peine à se lever, et salua ses nouveaux hôtes d'un air inquiet.

— Vous ne m'aviez pas prévenue de votre visite... de cette présentation... balbutia lady Southwel. Son regard interrogeait encore la contenance du médecin, quand sir Robert se hâta de l'amener par la main jusqu'au sopha de la belle Anglaise, en lui disant :

— C'est le docteur Bernard, médecin des bains de Dieppe.

— Le docteur ? reprit lady Southwel ; vous êtes docteur, monsieur ?

— Vous faut-il son diplôme ? s'écria Rodolphe en partant d'un éclat de rire. Le docteur Bernard est l'Hippocrate par excellence, le grand, le sublime docteur ! Il a fait ici des cures merveilleuses !

Lady Southwel tressaillit.

— Soyez le bien-venu, monsieur, interrompit-elle avec un accent marqué de contrainte. Présenté par le baron Rodolphe de Nanteuil et par sir Robert...

— Ces messieurs m'ont dit que vous étiez souffrante, madame...

— Pas ce matin... Oui, je me sens mieux depuis quelques jours, reprit-elle en faisant un effort singulier pour dissimuler son émotion.

La présence du docteur et surtout le son de sa voix semblaient avoir plongé lady Southwel dans une sorte de stupeur indéfinissable. Tout en caressant alors de la main un charmant petit épagneul de la race anglaise et princière des King's Charles, lady Southwel, en proie à un mouvement fébrile, regardait cet homme comme on interroge une énigme. Lui, cependant, il avait posé sa canne et son chapeau dans l'angle le plus obscur de cette pièce, et, se tenant debout, il affectait de parcourir plusieurs cahiers de musique épars sur le piano.

C'était un homme d'assez haute stature, chez lequel des cheveux grisonnans par place indiquaient sans doute les ravages de l'étude. L'impassibilité ordinaire de ses traits se relevait encore de la couleur bilieuse de son teint ; l'expression de son regard devenait seulement insaisissable sous l'ample enveloppe de taffetas bleu qui accompagnait ses lunettes. Il portait un habit de coupe raide étriquée, espèce de condescendance aux modes anglaises qui le faisait bienvenir de plusieurs de ses cliens britanniques. Une cravate noire, dont les bouts symétriques se pavanaient sur une échappée de jabots, complétait son ensemble noir et sévère.

Lady Southwel le considérait, nous l'avons dit, avec une obstination de pensée et d'examen à laquelle elle ne pouvait se soustraire. Entraînant le baron Rodolphe de Nanteuil dans l'embrasure d'une fenêtre, elle lui présenta une feuille qu'elle n'avait pas cessé de froisser machinalement entre ses doigts pendant la première partie de cette scène. L'ongle rosé de la belle lady, incrusté sur le milieu du journal, indiquait à Rodolphe un article de quelques lignes, article violent et personnel dans le goût du *Satyrist*, mouche anglaise qui pique indistinctement le lord et le bourgeois, la duchesse et la modiste.

— Lisez ceci, dit-elle à Rodolphe, vous savez que je n'ai point de secret pour mes amis...

— Et je m'y oppose, interrompit froidement sir Robert ; le baron Rodolphe de Nanteuil n'est point, comme vous et moi, aguerri contre les attaques de la presse anglaise. Il ignore peut-être que l'on peut calomnier chez nous sans nom d'auteur et à tant la ligne... Ne lisez pas ce journal, baron, et puisque lady Southwel m'a choisi pour son confident, son avocat, en ma qualité de parent...

— Je n'ai rien à craindre de ma conscience, reprit avec dignité lady Southwel, ce journal est reçu ici par plusieurs de nos compatriotes, je dois le montrer à mes défenseurs naturels. Monsieur le docteur n'est sans doute pas de trop, ajouta lady Southwel en se tournant vers le médecin Bernard.

— Moi! madame! oh! je bénirai le reste de ma vie un pareil hasard, s'il me permet d'être utile à une aussi noble personne que vous. J'ignore ce dont il s'agit, mais je ne reconnais à aucun indifférent le soin de me l'apprendre... quand on vous a vue une seule fois...

— Cet article ne saurait vous préoccuper, madame, reprit avec forfanterie Rodolphe de Nanteuil, qui venait de parcourir rapidement le journal. Dieu veuille seulement que je n'aie point à rencontrer en cette ville un sot ou un ennemi; je le tue!

Et d'une main encore émue par la rage, Rodolphe de Nanteuil tendit le *Satyrist* au docteur, qui parut le prendre sans hésiter.

— Cela est infâme, dit le docteur d'un ton concentré après avoir lu. Et c'est à Londres que l'on ose imprimer de pareilles choses!

— On calomnie là un Français, monsieur, interrompit Rodolphe en faisant remarquer l'article au docteur. Lisez... c'est un Français que l'on accuse d'avoir été, il y a deux ans, le prétexte d'un divorce entre lady Southwel et son mari... Vous qui êtes homme d'honneur, vous ne connaissez pas le nom de ce misérable?... Il est écrit en toutes lettres : — *Denys*.

— Ce nom, fort commun du reste, m'est inconnu, reprit tranquillement le docteur en aspirant de ses deux doigts une large pincée de tabac dans sa boîte. Se rendre l'écho du mensonge est une honte; ces accusations absurdes ne trouveront ici aucune créance... Voudriez-vous que je me chargeasse d'une lettre dans l'un des journaux de cette ville?

— Inutile, docteur, reprit le baron, ce serait traduire la calomnie. Laissez-la en anglais, c'est déjà trop.

— Ainsi, madame, reprit le docteur Bernard, l'on a trouvé moyen d'empoisonner pour vous les joies paisibles de votre retraite; on vous a fait parvenir cette feuille comme on lance un trait mortel à son ennemi! Le médecin du corps est inutile aux yeux de bien des gens pour les blessures de l'âme... Souffrez toutefois que mes visites...

— Je vous demande pardon pour celle-ci, monsieur, répondit lady

Southwel avec tristesse; je n'ai pu dominer mes impressions devant vous, excusez-moi !

Le docteur s'inclina respectueusement; Rodolphe et sir Robert s'étaient rapprochés tous deux instinctivement de lady Southwel et lui parlaient à voix basse. Étendue, les mains jointes sur le sopha, les pieds appuyés sur son épagneul favori, lady Southwel était vêtue d'une robe blanche en forme de peignoir, qui prêtait encore au charme singulier de sa pâleur. Quelques larmes rares débordaient par intervalles de ses cils mouillés, et le léger cercle bleuâtre étendu sous son œil épaisissait sa teinte, comme fait la mer sous l'ombre amenée par le nuage.

En ce moment trois heures sonnèrent à la pendule du salon. Le docteur Bernard prit sa canne et son chapeau, et, se rejetant sur une visite indispensable, il prit congé de lady Southwel, après avoir prescrit quelques indications pour son état.

— La visite du docteur vous a-t-elle déplu? dit le baron Rodolphe de Nanteuil après quelques instans de silence. Le docteur Bernard est cependant un homme d'excellent ton, bien qu'un peu froid.

— J'ai des idées bizarres depuis quelques jours, baron, et tenez, ce journal... ce journal semble me présager quelque malheur.

— Laissez dire vos envieux et vos ennemis; n'avez-vous pas un bras sur lequel vous pouvez désormais vous appuyer? reprit Rodolphe. La belle lady Southwel a dû voir que, dans l'occasion, nous ne laissions pas l'injure impunie. Quand on est l'un des meilleurs élèves de Grisier, qui en compte beaucoup...

— Certainement, baron, je ne doute ni de votre courage ni de votre adresse. Vous êtes jeune, brillant, vous plaisez dans le monde, vous devez y plaire, ce sont là de ces choses que l'on ne peut contester; mais veuillez vous en rapporter comme moi au jugement impartial de sir Robert, et demandez-lui si ce n'est pas un périlleux commerce de défendre une femme à tout propos.

— Et pourquoi? Lorsque la malignité s'attaque à elle, faut-il donc la laisser en butte à ses traits envenimés? N'est-ce pas alors un impérieux devoir de se sacrifier, d'exposer ses jours pour sa cause? Il me semble à moi que c'est là le fait d'un galant homme.

— Ou d'un homme galant... ajouta malicieusement lady Southwel. Ecoutez, baron, si j'ai choisi cette année la plage de Dieppe pour suivre le régime des bains qui m'est ordonné, c'est que je pensais être à l'abri de la médisance anglaise dans un port de France. Vous avez blessé gravement en duel un lion d'Écosse, le jeune Sidney, qui m'avait insultée à Spa, m'avez-vous dit, il y a un an; depuis ce jour vous vous êtes fait mon chevalier, et à Dieu ne plaise que j'aie à vous adresser quelque reproche! Mais ce serait m'afficher et me perdre, croyez-le bien, que de vous faire ici de nouveau mon champion. Aussi, comme je vous sais la main malheureuse, je vous enjoins de rester tranquille... Les troupes ne doivent agir que sur l'ordre du général; eh bien! devant sir Robert, j'attends de vous la promesse de ne point tirer l'épée pour me défendre.

— A merveille, madame, reprit le baron Rodolphe d'un air piqué, je comprends. C'est me dire que je n'ai aucun droit de vous protéger, et que ma tutelle pourrait au besoin passer pour une insulte! Permettez-moi de vous répondre à mon tour, devant sir Robert, notre ami commun, que ce n'est pas ma faute si mes assiduités auprès de vous n'ont amené aucun résultat; loin de moi la pensée de songer à votre fortune, la mienne m'épargne l'injure d'un tel soupçon; mais dans votre refus d'accepter la main d'un homme que vous avouez digne de vous plaire...

— Dans ce refus, interrompit lady Southwel en se levant, vous ne devez voir, monsieur, que le respect d'une femme pour son propre honneur. Tant que mon mari existera, divorcée ou non, je ne dois point appartenir à un autre!

Le ton absolu avec lequel ces paroles furent prononcées surprit à un tel point Rodolphe de Nanteuil, qu'il lui fallut au moins deux secondes pour se remettre et jeter à l'oreille de sir Robert ces paroles que lady Southwel n'entendit pas :

— Par ma foi, je ne la croyais pas si puritaine!

De baron avait compris qu'entamer une discussion sur ce chapitre de constance illimitée était tout au moins chose déplacée en pareil moment; il se contenta de broyer entre ses dents quelques gâteaux secs servis pour le *luncy*; puis, entraînant sir Robert à la fenêtre, il lui fit remarquer plusieurs groupes qui se dirigeaient vers la promenade accoutumée de la plage.

— Lady Southwel veut-elle accepter le bras de son avocat? dit sir Robert en tirant sa montre; dans quelques instans nous pourrons entendre aux bains cette miraculeuse symphonie d'Haydn qu'elle aime tant.

— Très volontiers, reprit-elle, sir Robert; mon bracelet...

— Votre bracelet? Mais oubliez-vous qu'il y a trois jours vous l'avez perdu sur la falaise?...

— Mais je l'ai retrouvé, dit-elle; comment! ce n'est pas vous que j'en dois remercier? continua-t-elle en les regardant tous deux avec surprise. Imaginez-vous que ce matin, à mon lever, j'ai aperçu mon bracelet sur ma toilette.

— Quelque adorateur mystérieux, fit Rodolphe avec dépit.

— Ou ce professeur allemand qui m'a parlé de vous l'autre jour un grand quart d'heure à table d'hôte, dit sir Robert.

— Madame, la personne qui a rapporté ce matin le bracelet est là... Elle demande si vous pouvez recevoir... dit Harry, le valet de chambre.

— Peste! murmura Rodolphe en frisant sa moustache, c'est un homme pressé... Je ne serais pas fâché de le voir, dût-il retarder notre promenade.

La porte du salon donna bientôt passage à un homme, dont la seule apparition causa la surprise de Rodolphe. C'était le baigneur ordinaire de lady Southwel, un jeune homme de vingt-cinq ans. Il portait la veste bleue commune aux baigneurs de Dieppe; sa physionomie était à la fois douce et résolue; ses cheveux, d'un noir de jais, retombaient en grappes des deux côtés de son cou; il était robuste et gracieux dans toute sa personne.

— Langlois! s'écria-t-elle avec un accent marqué de trouble et de surprise.

— Moi-même, madame, moi-même... Excusez la liberté... Je venais savoir si vous aviez retrouvé votre bracelet...

— Oui, je l'ai retrouvé, Langlois. Ne peux-tu me dire qui t'avait chargé de cette restitution?

— Personne ne m'en a chargé, madame, personne... excepté moi.

— Comment, ce serait toi?...

— Ah ! il faut convenir que j'y ai eu du mal !... Je me promenais sur la falaise pas plus tard que ce matin, parce que, voyez-vous, il y a là cette petite chapelle abandonnée où nous autres marins nous allons encore de temps en temps marmotter des *ave* et des *pater*, et comme j'étais triste, je priais... ça passe le temps ! Il est vrai de dire aussi que ma pauvre sœur Jeanne a été enterrée tout là-haut, là où il y a maintenant des chèvres qui paissent, et plus de prêtre pour desservir la chapelle. C'était l'anniversaire de la mort de Jeanne. Après avoir prié sur sa fosse bien dévotement, quand je mesurais du regard la falaise à pic sur laquelle j'étais, tout d'un coup, voilà que j'aperçois une chose qui brillait dans une excavation du roc ; je regarde et reconnais là votre bracelet, qui était tombé pendant votre promenade de la veille ; votre bracelet que vous regrettiez tant, celui que vous cherchiez depuis trois jours, que vous m'aviez demandé la veille encore, lorsque je vous baignais. Je ne me tiens plus de joie, je me cramponne à la falaise, je saisis le bracelet et je vous l'apporte. Tout de même, j'aurais bien pu boire à la grande coupe !

— Mais tu as du sang à la main ! serais-tu blessé ?

— Oh ! rien, une égratignure. C'est dure en diable, ces falaises à pic !

Pendant ces paroles du baigneur, que lady Southwel semblait écouter avec une émotion dont elle-même n'était pas maîtresse, Rodolphe avait tiré quelque monnaie de sa bourse ; il la jeta dans le chapeau de cuir que Langlois tenait à la main.

— Voilà pour toi, dit-il, et si tu veux boire un verre de vin à l'office, je vais, avec la permission de lady Southwel, donner l'ordre qu'on t'y conduise...

— Je ne veux point de votre argent, répondit dédaigneusement Langlois. Madame ne me doit rien, et je ne m'acquitterai jamais envers elle...

— Diable ! tu fais le délicat, reprit le baron.

— C'est une vieille connaissance, se hâta d'objecter lady Southwel ; je croyais vous l'avoir dit, Langlois est mon protégé... N'est-ce pas ? continua-t-elle en s'adressant au baigneur.

— Oh ! que oui, madame ; oh ! je ne l'oublierai jamais... répondit Langlois en baissant les yeux avec respect.

— Ce n'est pas une raison pour refuser ce qu'on lui offre, répartit le baron Rodolphe de Nanteuil avec hauteur. L'affiche de votre bracelet annonçait *récompense honnête*, et je ne vois rien de mal...

— Ma récompense est là, s'écria Langlois d'un air pénétré en posant sur son cœur une main dont chaque fibre tremblait.

— Vous nous quittez, Langlois ? dit lady Southwel en voyant le baigneur qui se disposait à sortir.

— Oui, répondit Langlois en faisant observer à lady Southwel un long nuage noir qui flottait déjà comme un linceul sur la mer. Voilà du gros temps, et il n'y a pas une heure que nous avons vu un *cutter* qui se patinait fort agréablement sur la lame.

— Un bâtiment anglais ! s'écria sir Robert avec transport.

— Oui, milord, et très peu certain de nous arriver ici sain et sauf. Si le cutter, votre compatriote et ami, entre dans le chenal avant sept heures...

— Vite une longue-vue, Harry, un parapluie et ma canne à siége !...

Allez, courez, vous trouverez tout cela chez moi, chambre n° 7, hôtel Royal, s'écria sir Robert en sortant de son flegme habituel.

— Il est bien plus simple que je vous accompagne, milord, dit Langlois; vous ne vous défiez pas de moi, je l'espère? Je ne m'appelle pas Satan, et je ne puis faire submerger vos compatriotes... quoique dans le temps...

Langlois murmura quelques mots que sir Robert n'entendit pas.

— Bien du plaisir, dit Rodolphe à sir Robert; vous mouiller les pieds sur la jetée pour l'honneur de la vieille Angleterre! *Rule Britannia!* vous allez prendre un beau rhume!

— Revenez-nous vite, au moins, revenez-nous pour le bal, ajouta lady Southwel d'un ton affectueux, qui acheva d'exalter l'Anglais. Roulé dans son makintosh, muni de sa longue-vue et de sa canne qu'Harry venait d'apporter, sir Robert partit comme dut partir Vasco de Gama.

— A demain, Langlois, si la mer le permet, dit lady Southwel à son baigneur en le remerciant du regard. N'allez pas vous exposer ce soir, pour que je vous retrouve demain.

— Oh! je ne me mêle pas, moi, de l'entrée des navires dans le port; cela regarde les pilotes!

Langlois salua lady Southwel; et, précédé de sir Robert, qui marchait à pas pressés, il arriva sur la jetée, où se trouvait déjà réuni tout ce que la ville comptait de marins et d'étrangers...

II

Le danger que courait l'embarcation signalée était réel. Outre une mer houleuse, fouettée incessamment par un vent du nord-ouest et dont chaque vague menaçait de couvrir le *cutter*, ce bâtiment avait à combattre l'obstacle même de son entrée; la position du chenal de Dieppe offrait à la manœuvre un surcroît de difficultés.

Du milieu de ce voile brumeux étendu sur l'Océan, quelques lames moutonneuses se faisaient à peine jour; les mouettes et les hirondelles rasaient le flot. Les falaises, s'étendant comme un boa de craie jusqu'à Codecôte, se détachaient en vigueur sur ce fond austère et noir. Une nuit profonde avait enveloppé déjà les tourelles du Château-Fort, et sur la jetée garnie de monde la mer envoyait de temps à autre un bouillonnement d'écume qui en submergeait les dalles.

Ballotté par le roulis, le cutter au pavillon des armes d'Angleterre n'en courait pas moins des bordées plus ou moins certaines pour s'approcher de la côte, et il était facile de reconnaître qu'il se gouvernait avec autant d'habileté que d'adresse, car il n'avait pas fait jusque alors la moindre *embardée*. Coquettement gréé à l'instar des plus beaux yachts de Londres, il observait une manœuvre si stricte, qu'il devenait le point de mire des marins français, curieux de voir s'il ne *bourlinguerait* pas.

Déjà sir Robert, à l'aide de sa longue-vue, avait reconnu dans ce bâtiment léger un cutter du Club des yachts. Il distinguait à merveille les six à sept hommes d'équipage qui le montaient, leur uniforme consistant en une chemise de laine collante sur la poitrine, rayée de blanc et de rouge transversalement, leurs chapeaux de cuir bouilli, leurs ceintures mouillées par l'eau de la mer. Resserrés dans ce petit espace, ces matelots ne lui inspiraient aucune crainte; il avait en eux cette confiance innée que les Anglais manquent rarement d'accorder à la science nautique de leurs compatriotes.

A côté de lui se tenait Langlois; Langlois, dont les regards suivaient encore avec une attention plus grande que la sienne la manœuvre observée par le cutter. Accoutumé dès son enfance aux mille péripéties de ce vaste roman qu'on nomme la mer, enfant du sol dieppois, orphelin à dix ans, et mousse à quatorze, le baigneur avait sucé avec le lait cette haine traditionnelle des Normands contre la marine anglaise, haine vivifiée chez lui par un ressentiment particulier, une rancune de bord dont quelques uns de ses camarades avaient seuls le secret. Doué d'une force herculéenne, Langlois, fils d'un marin mort au service, avait senti de bonne heure qu'il n'était pas fait pour risquer sa vie et courir la mer dans de simples bateaux de pêche; au fond du cœur il dédaignait ces honnêtes marins qui ne s'émeuvent guère que pour les moules, le hareng ou un bateau venu de Terre-Neuve. La marine militaire était devenue de bonne heure son rêve; il s'était embarqué comme simple mousse et avait couru le monde. Par quelle fatalité se retrouvait-il à trente ans baigneur juré de la ville de Dieppe? A quel incident, à quel hasard devait-il sa retraite ou son renvoi de la marine? Son caractère âpre et sauvage, sa nature altière et ses instincts dédaigneux l'avaient-ils averti des dangers extrêmes de la subordination? Il aurait pu seul répondre à ces questions.

Appuyé sur le parapet de la jetée, il observait les mouvemens du *cutter* comme un chasseur armé de son fusil guette ceux d'un oiseau blessé qui se débat.

Tout à coup il y eut une lame qui déferla sur le bâtiment avec tant de violence que des cris d'effroi coururent par la foule. Une chaloupe, que l'obscurité n'avait pas permis de distinguer, hêlait déjà le *cutter*. C'était le pilote du port qui lui venait en aide.

— Il n'y a que ces Anglais pour avoir du bonheur! murmura Langlois sourdement.

Et de ses deux yeux, sur lesquels une pluie fine fouettait les longs tire-bouchons de ses cheveux, jaillirent deux éclairs dont sir Robert s'effraya lui-même. En vain voulut-il interroger le baigneur pour se raffermir contre toute idée de péril : Langlois lui avait déjà tourné le dos et s'était perdu dans les rangs serrés des spectateurs.

Sir Robert ne tarda pas à apercevoir le cutter, auquel le pilote facilitait l'entrée du chenal. Les joyeuses salves de musique échappées de son bord, ses drapeaux agités, ses voix confuses, retentirent bientôt dans l'âme de sir Robert comme le cantique royal du *God save the King* retentit toujours au cœur du véritable Anglais. Les mille badauds parisiens, accourus de toutes parts pour voir une tempête sur la jetée, accompagnaient de leurs cris de joie cette embarcation qui se balançait encore sur le roulis. Brossés, épinglés comme de véritables *midshipmen*, les hommes de l'équipage avaient vu tacher par l'eau leur costume pittoresque; ils demeurèrent tous sur le cutter, à l'exception d'un personnage de taille assez compacte auquel sir Robert s'empressa de tendre la main dès qu'il l'eut reconnu.

L'ensemble de cet homme annonçait un de ces tempéramens d'Anglais dont le crayon moqueur d'Henri Monnier eût fait son profit; il était replet, se dandinait avec peine sur des jambes courtes, portait un chapeau à larges bords, des gants de daim, un flacon de sels et un parapluie. Un énorme foulard roulé autour de son cou, un surtout de drap gris et des bottes fourrées épaississaient encore sa tournure britannique.

— C'est vous, commodore! s'cria sir Robert en reculant de trois pas; quel vent vous amène ici ?

— Un vent fort mauvais, comme vous l'avez pu voir, sir Robert; mais soupons avant toutes choses, car je n'ai cassé qu'un biscuit sec depuis Brighton. Vous qui connaissez la plage, guidez-moi, mon cher, jusqu'à une taverne quelconque; je laisse mon ami Rook donner des ordres sur le cutter; il me rejoindra ensuite.

— Il n'y a guère à cette heure que le restaurant des Bains auquel vous puissiez être convenablement attablé, répondit sir Robert; donnez-moi le bras, après avoir prévenu votre ami Rook, avec lequel je crois me souvenir d'avoir étudié jadis à Cambridge.

— Ce qui n'est pas impossible, sir Robert, dit le commodore en se remettant en marche après avoir jeté quelques mots à l'oreille du capitaine Rook; mais cela n'empêche pas que le traître de Rook n'ait la tête diablement dure. Il n'a voulu suivre aucun de mes avis dans la traversée, et je lui dois de perdre le pari...

— Le pari?

— Certainement, vous savez que c'est là mon fort! Nous avions hier dîné vertueusement à l'hôtel de Glocester avec plusieurs gentlemen et officiers; nous avions même suffisamment brisé d'assiettes en faïence de Wodgewood, lorsqu'en ma qualité de marin je me crus forcé de parler de mes campagnes dans l'Inde. Le vin de Bucelas que nous avions fêté, et surtout les bravades excessives de mon ami Rook m'exaltant, je me crus obligé de riposter, et je pariai mille guinées que je ferais sur un cutter à mon choix la traversée de Brighton à Dieppe en neuf heures. On me regarda comme un fou, et moi-même, en m'éveillant ce matin avec l'aube, je ne pouvais avoir une autre opinion de ma personne, mais on me présenta un papier signé, et je me vis forcé de m'atteler à mon pari comme un cheval pur sang. Le malheur a voulu que Rook et un grain de mer s'en soient mêlés, ce qui fait que j'ai mis quinze heures et que j'ai perdu. Mille guinées, c'est cher!

— Vous serez donc toujours jeune, mon cher commodore; il me semblait pourtant qu'à notre dernière rencontre à Londres...

— A l'époque de mon mariage? oui, je me souviens! ne parlons pas de cela, mon cher sir Robert, je ne suis pas venu ici pour m'attendrir. Et tenez, continua-t-il en s'asseyant rudement sur une chaise, songeons bien plutôt à souper. Vous êtes mon convive, mon Acathe, je vous retiens, je m'attache à vous!

Ils venaient d'entrer tous deux dans une salle assez vaste donnant sur la mer et dans laquelle plusieurs tables dégarnies n'étaient éclairées que par la lueur d'une lampe fumeuse. Sir Robert eut quelque peine à distinguer les objets; un seul homme qui leur tournait le dos venait de se faire servir un maigre repas dans l'un des coins de ce restaurant. Sir Robert et le commodore n'y firent guère attention, et la conversation recommença bientôt entre eux, dès que les flacons et les mets se pressèrent sur la table. Les verres se remplirent, et le commodore ne tarda pas à oublier dans l'intimité d'un compatriote la perte de son pari et les dangers de la traversée.

— Ainsi, mon cher Southwel, vous êtes heureux, reprit sir Robert en fixant sur le commodore un regard clair et perçant, comme s'il eût voulu sonder en lui quelque blessure.

— Heureux autant qu'on peut l'être, sir Robert, quand on ne court plus la mer, qu'on a un bon hôtel à Picadilly et qu'on est veuf... trois choses qui ne sont pas indifférentes, continua-t-il en se versant un verre de clairet.

— Et vous ne vous reprochez rien ?

— Rien au monde... si ce n'est ce soir d'avoir perdu mon pari, ce qui me fera beaucoup de tort au Club des yachts, dont je suis nommé trésorier...

— Pour ma conscience, ajouta le commodore en se versant à lui-même un verre de Madère des îles, elle est aussi tranquille que celle d'un quaker, et puisque nous en sommes à parler entre amis, je ne m'accuse que de deux choses.

— Desquelles ?

— La première d'avoir fait étriller un pauvre petit diable de mousse dans mes campagnes jusqu'à extinction de chaleur naturelle ; la seconde de n'avoir pas tué le Français qui s'est introduit chez lady Southwel, ma femme, que tout m'a fait un devoir de quitter après cet éclat.

— Lady Southwel est innocente ! affirma sir Robert.

— J'oubliais qu'elle est votre parente, sir Robert. Je n'accuse pas lady Southwel ; tout Londres ne s'en charge que trop pour moi ! Mais c'est de mon mousse que je veux vous parler, d'un petit gaillard dont le nom m'échappe, ma foi, mais dont je crois voir toujours la figure, quoiqu'il y ait bien de cela treize ans pour le moins... Imaginez-vous que je visitais alors le port de Toulon, et le capitaine de la *Sophie*, navire français, m'avait fait l'honneur de m'inviter à son bord. Je n'étais pas encore marié à miss Olymphe Smith, devenue depuis lady Southwel, mais je l'accompagnais avec son père dans la visite de cette frégate, lorsqu'il prit au capitaine l'envie de nous retenir à dîner. Nous entrâmes à l'arrière dans le logement du capitaine ; trois de ses mousses devaient nous servir à table. Le plus grand des trois, qu'on avait élevé la veille au grade de capitaine des mousses, grade de convention que l'on donne, vous le savez, au plus adroit, affectait de paraître si empressé auprès de miss Olympe, et en même temps si négligent de son service auprès de moi, que la moutarde m'en monta au nez. Je saisis l'instant où il affectait de ne pas m'entendre pour laisser tomber rudement sur le parquet une fort belle salière de Sèvres, qui se brisa en éclats.

Le capitaine en prit de l'humeur, je rejetai la faute sur le mousse, qui me répondit insolemment qu'il ne servait que son maître et la dame qui se trouvait amenée par nous. Furieux de cette réponse, je m'en plaignis au capitaine en provoquant de sa part un châtiment immédiat. On coucha le mousse sur un affût de caronade, on le dépouilla jusqu'à la ceinture, et un matelot l'étrilla une demi-heure à coups de garcette.

— Une demi-heure !

— Après ce beau dessert, pendant lequel il fit entendre des cris pitoyables, on l'envoya réfléchir le reste de la nuit sur les barres de perroquet, où l'on comptait bien le retrouver le lendemain, lorsqu'on apprit que de lassitude ou de désespoir il s'était laissé couler à la mer pendant les ténèbres et le sabbat joyeux qui suivit notre souper. J'oubliais de vous dire que sans miss Olympe il eût vu prolonger les coups de fouet, le pauvre diable; ce fut elle qui intervint et fit cesser le supplice. Quand une femme a fait un beau trait dans sa vie, sir Robert, on doit le lui porter en ligne de compte, ajouta le commodore. Vous ne buvez pas?

— Écoutez, commodore, je vais vous parler raison. Jusqu'ici vous n'avez cru voir en moi qu'un parent de lady Southwel, un ami... permettez-moi d'être à cette heure son avocat.

— La loi ne s'est-elle donc pas chargée de rompre mes liens avec lady Southwel?

— La loi! elle-même n'a pu, malgré de nombreuses recherches, retrouver cet homme, ce lâche qui voulait vous déshonorer, il avait quitté Londres le lendemain de son crime. Mais lady Southwel, par sa seule conduite, n'a-t-elle donc pas protesté hautement contre cette accusation? Séparée de vous à tout jamais, elle n'a emporté en vous quittant qu'un seul espoir, celui de se réhabiliter à vos yeux. En attendant, elle est en butte aux propos couverts, à la calomnie, aux sarcasmes. Les feuilles de Londres se sont emparées de ce qu'elles nomment son crime; elles se complaisent dans les injures anonymes à l'égard d'une femme. Il me semble, commodore, que vous êtes assez vengé!

— Sir Robert, vous auriez plaidé fort bien, et c'est vraiment dommage que vous n'ayez pas endossé la robe. Puisque vous me mettez sur ce chapitre, je dois vous dire que vous allez être content de moi. J'ignore, je ne veux pas savoir en quel lieu s'est retirée lady Southwel; mais sa fortune était médiocre; je l'augmente de l'abandon de tous mes biens, qui lui assurent une noble indépendance. A cette heure, elle est libre d'épouser son séducteur, elle peut dès demain...

— Arrêtez! Vous ne m'avez pas compris, commodore. Lady Southwel, je vous le répète, n'achètera jamais au prix du déshonneur la fortune et la liberté. Pour celui que vous appelez son séducteur, elle demande à le voir face à face. Parce qu'un misérable s'est glissé chez elle sous le manteau, elle ne se croit ni déshonorée ni coupable! Tôt ou tard, croyez-le, la vérité éclatera; tôt ou tard vous-même... Mais quelqu'un nous écoute ici, s'écria subitement sir Robert en s'interrompant. Quel est cet homme, poursuivit-il en allant droit au seul convive de la salle, dans lequel il n'eut pas de peine à reconnaître le docteur Bernard.

— C'est vous, docteur, et pourquoi ne vous êtes-vous pas approché de nous?

— Je pensais... j'avais cru... répondit le docteur visiblement contrarié d'avoir été vu; je ne connais en aucune façon le commodore Southwel, ajouta Bernard en s'inclinant.

— Voulez-vous que je vous présente au commodore... mon ami? objecta sir Robert d'un ton de froide politesse.

— Mille grâces, répondit Bernard, vous êtes en affaires avec lui, je vous prie de continuer.

Sir Robert se rassit à l'extrémité de la salle où était dressée la table. Il ne vit point le regard du docteur Bernard le suivre avec une anxiété croissante pendant le cours rapide des questions suivantes qu'il échangeait avec le commodore.

— Ainsi, commodore, tout en persistant à ne plus voir lady Southwel, vous lui assurez votre fortune. Elle recevrait de vous la preuve de l'abandon de vos biens?

— Je la porte là, écrite sur moi. Oui... une donation entière... que j'ai fait régulariser à Londres. Vous sachant à Dieppe, je voulais la remettre entre vos mains. Je vous la communiquerai demain de bonne heure...

— Eh bien! commodore Southwel, veuillez retenir mes paroles, reprit sir Robert en se levant : lady Southwel refusera non seulement vos bienfaits, mais elle a déclaré devant moi que tant que vous vivriez elle ne contracterait pas de nouveaux liens. La fortune, encore un coup, lui semble une honte du moment qu'on peut lui contester son honneur. Et maintenant, croyez-vous à l'innocence de votre femme?

Sir Robert, en prononçant ces paroles, rayonnait lui-même aux yeux du commodore de tout l'éclat d'un généreux défenseur. Il comptait sans doute le préparer peu à peu à une entrevue et amener une scène décisive entre lady Southwel et lui, quand le capitaine Rook, suivi de plusieurs homme de l'équipage, entra brusquement dans la salle. Le commodore s'applaudit en secret de rompre un entretien dans lequel ses torts se représentaient à lui sous les couleurs les plus vives. Le porto lui venant en aide, il chassa bientôt ces souvenirs pour répondre bravement aux toasts engagés de tous côtés.

— A vous, commodore! s'écria Rook en buvant coup sur coup quatre à cinq verres, car il ne se piquait guère de tempérance; vous nous voyez en tenue de bal comme si vous en aviez donné l'ordre! Il y a concert à l'établissement des Bains de cette ville, et la danse ne peut manquer de suivre le concert. J'ai certaine gigue que je ne suis pas fâché d'essayer sur l'esprit des belles Françaises.

— C'est cela, cassez-vous les jambes sur un parquet, après avoir failli vous les voir couper par les requins!

— Laissez donc, commodore, votre ami Rook les a aussi solides que les deux midshipmen qui l'accompagnent.

— Deux gaillards qui n'ont pas donné à la bande un seul instant pendant le tangage, ajouta le commodore en faisant apporter du grog, sa boisson favorite, c'était avec elle qu'il traitait sa goutte. Allons, messieurs, attention au commandement!

Tous les convives se levèrent, il n'y eut que sir Robert qui ne but pas.

Un brouillard opaque produit par les pipes allumées en un clin d'œil enveloppait la table d'un véritable nuage; les verres s'entrechoquaient, et les convives, tout en se portant de mutuels défis, remettaient peu à peu sir Southwel sur le terrain qu'il affectionnait le plus, celui des paris, où plus d'une fois cependant il avait été battu.

— Misères que tout cela! s'écria-t-il bientôt d'une voix tonnante, en s'adressant à sir Rook; tout ce qui est possible est indigne d'enjeu! Que parlez-vous de marcher soixante milles, de sauter la haie la plus haute du pays de Galles, d'avaler un flacon de poivre de Cayenne, ou de tourner quarante heures autour d'une table? Je consens, sir Rook, à vous payer le prix du plus beau cheval de course qu'ait à cette heure Anderson dans ses écuries, si je ne prends un bain dans la mer à l'instant même!

— Y pensez-vous, commodore, un bain après dîner? objecta sir Robert en s'emparant avec force du bras du commodore.

— D'ailleurs la mer est grosse, firent à leur tour les deux midshipmen en écartant les rideaux de la fenêtre.

— Et vous oubliez que vous avez manqué de prendre un bain, il n'y a pas deux heures! répliqua ironiquement le capitaine Rook.

Cette dernière phrase parut piquer vivement le commodore. A côté de sir Rook se tenaient deux minces gentlemen du Naval-Club, partners et témoins de son parieur de Brighton. Le commodore Southwel, comme tout Anglais arrivé au paroxisme de l'ivresse, était devenu d'un sérieux à faire peur.

— Je ne me dédis jamais, messieurs, reprit-il avec la majesté d'un empereur, et je tiens de nouveau à sir Rook le pari en question. C'est le moins qu'après m'avoir fait perdre le mien...

A son tour le capitaine Rook, justement blessé, se mordit les lèvres... Il allait répliquer lorsqu'il vit le commodore se lever de table subitement et faire jouer de sa main tremblante l'espagnolette de la fenêtre...

— Holà! cria sir Southwel à plusieurs guides et baigneurs qui passaient alors devant l'hôtel, attirés sans doute par le bruit qui s'y faisait, approchez, vous autres, et venez boire avec nous un verre de grog. Quel est celui de vous qui veut se mettre à la mer avec moi dans un quart d'heure?

Tous refusèrent, en faisant remarquer au commodore la violence de la lame, et l'état dans lequel il se trouvait.

— Allons donc! reprit sir Southwel, me prenez-vous donc pour un des vôtres? La mer me connaît et je ne suis point un cabillot! Buvez avec moi, en attendant que nous nous rincions la bouche avec l'eau salée. A toi, dit-il au plus proche, tu m'as l'air d'un drille à qui il ne faut pas deux fois répéter les choses!

Celui à qui le commodore venait de parler eut d'abord quelque peine à lui répondre. Il sortait sans doute avec ses camarades de la petite taverne de l'Ancre bleue, car il se balançait par intervalles comme un hunier sous le vent.

— Bois donc! grommela le commodore en lui présentant de nouveau le verre de grog.

Le baigneur saisit le verre et le rejeta froidement sur le parquet.

— Je ne bois pas avec un Anglais, répondit-il.

— En ce cas, mon cher, vous êtes difficile, répliqua le commodore. L'Anglais qui vous parle a bu cependant avec des têtes couronnées, et lorsque Sa Majesté britannique m'a fait l'honneur de venir visiter, il y a treize ans, mon brick le *Saint-Georges*...

— Le *Saint-Georges?* interrompit le baigneur en fixant un œil hagard sur sir Southwel.

— Eh bien! oui, le *Saint-Georges*, soixante-dix canons, portant le guidon du commodore Southwel... Vous me regardez là entre les yeux, mon cher, comme si vous vouliez m'avaler!

— Commodore Southwel, reprit le baigneur en se redressant, vous souvient-il d'un mousse à qui vous avez fait donner, il y a treize ans, quarante coups de verge pour une assiette cassée?

— Oui!... certainement, reprit le commodore, j'en parlais encore, il n'y a pas un instant... Il est mort, je le suppose.

— Il est devant vous! s'écria Langlois en se découvrant.

Le baigneur de Dieppe semblait guetter au passage les paroles qui allaient sortir de la bouche du commodore.

Sir Southwel se rassit, et se contentant de fouiller tranquillement dans sa poche, il en tira cinq guinées. La vue de cet or fit courir un éclair de rage sur le front de Langlois, il souleva rudement le loquet de la porte; puis, avant de sortir, il jeta sur le commodore un regard de colère et de vengeance.

— Cherchez un autre baigneur que moi, dit-il en se retirant; dans tous les cas, bonne chance, commodore Southwel!

Les spectateurs de cette scène s'interrogeaient encore entre eux du regard lorsque le commodore s'écria :

— Par la vieille Angleterre! voilà un drôle entêté! J'espère que vous ne suivrez pas son exemple? ajouta sir Southwel en se tournant vers ses camarades.

Mais nul ne répondit, nul ne trouva même de parole pour exprimer son refus, tant le commodore, dont la présence de Langlois avait doublé le vertige, leur parut incapable de les entendre. Soumis plus que jamais à l'influence pesante de l'orgie, sir Southwel persistait dans son extravagante proposition.

— Puisque vous ne voulez rien entendre, reprit alors sir Robert, voici quelqu'un dont l'autorité ne saurait être mise en doute. Voyons, docteur Bernard, persuadez le commodore si vous pouvez!...

Et sir Robert, calme et froid au milieu de ce tumultueux souper, avait tiré le docteur du coin de la salle où nous l'avons vu assis dès l'entrée du commodore. La contenance du médecin pendant le dialogue de sir Southwel et de sir Robert n'avait pas varié d'une minute. Impassible et grave, il ne ressemblait pas mal à l'un de ces espions de l'inquisition de Venise, payés pour surprendre le secret d'une conspiration. Quand il se leva et s'avança vers le commodore, présenté par sir Robert, le vieux Southwel se confondit à sa vue en excuses bachiques :

— Eh quoi! vous soupiez au bout de cette salle, monsieur, et nous ne vous avons pas seulement envoyé un verre de clairet! La faute en est à l'obscurité et à la fumée de tribord que lance ma pipe! Vous allez me permettre le bain, n'est-ce pas, bien que ces messieurs me le défendent? Voulez-vous du pur cognac?

— *Vitanda est post prandium moratio in aqua*. C'est OEtius qui l'a écrit, mon cher monsieur, répondit le docteur d'un ton magistral.

Un sourire imperceptible effleurait en même temps sa lèvre.

— Au diable votre OEtius, docteur! la mer est superbe, et d'ailleurs il faut que ce diable de Rook, qui m'a fait perdre mon pari...

— Encore une fois, nous ne serons pas témoins de cette folie, s'écria Rook, qui d'ailleurs était pressé d'aller au bal et regardait complaisamment ses bas à jours...

— Commodore! revenez à la raison, ajouta sir Robert; une affaire m'oblige à vous quitter un instant, je dois me rendre à ce bal... mais je reviendrai... promettez-moi...

— Je vous promets de gagner mon pari! répliqua sir Southwel... vous en serez l'historiographe. Quand le Club des yachts saura que je me suis baigné pour faire honneur à un engagement...

— Que sir Rook refuse, qu'il n'acceptera pas, car, voyez, il part! reprit sir Robert.

— Qu'il aille au diable, s'il veut, je n'ai besoin de personne. La belle mer! voyez donc comme elle élève ses vagues!

— Elle vous roulerait comme un caillou, reprit sir Robert. Allons, lisez le *Morning Chronicle*, mon cher commodore, cela calmera vos idées. Je vous laisse en la compagnie de cette feuille pacifique.

Et sir Robert, voyant que le capitaine Rook s'était éloigné avec ses amis et les deux midshipmen, chercha des yeux dans la salle le médecin Bernard; mais celui-ci s'était déjà retiré.

En quittant le restaurant, sir Robert, tout en se fiant au pouvoir somnolent du *Morning Chronicle* pour abattre la tempête élevée dans le cerveau du commodore, n'en avait pas moins pris la précaution de l'enfermer dans la salle basse, à double tour. Il avait prévenu les garçons occupés dans l'autre partie du bâtiment; puis, désireux d'avertir lady Southwel du retour inopiné de son mari et de l'informer en même temps de ses dispositions nouvelles, il s'était dirigé vers l'endroit choisi pour le bal.

Demeuré seul devant plusieurs flacons à moitié vides, le commodore aspirait la brise de mer qui menaçait à tout instant d'éteindre l'unique lampe de la salle. Rejetant la lecture du *Morning Chronicle*, il en avait fait outrageusement une allumette pour sa pipe. Le front appuyé dans ses deux mains, il regardait la vague d'un air profondément absorbé. Ce flux et ce reflux incessant, ces crépitemens sonores, ce long collier d'écume déroulé par l'Océan, et, mieux que tout cela, la pénétrante saveur de la plage, tout semblait avoir plongé sir Southwel dans une torpeur léthargique... L'impression subite de l'air, si communément fatale à l'ivresse, le poussant bientôt dans les champs de l'absurde, il en vint à repaître son regard de tout le prestige de ce mirage; si effrayant qu'il fût, il crut pouvoir le braver. S'imaginant sans doute être un autre Ajax, il enjamba la fenêtre élevée de trois pieds au dessus du sol. D'un pas rapide, il arpenta bientôt la promenade sablée qu'on nomme la plage; la mer était haute et rejetait de temps à autre le galet contre les planches de cette esplanade.

En proie aux hallucinations les plus étranges, mais plus que jamais ancré dans sa folie, le commodore crut alors apercevoir dans le brouillard un homme accroupi sur les marches de l'escalier qui conduit aux tentes des baigneurs. Cette figure sombre, une fois hélée par lui, se leva, lui montra le chemin et parut prête à exécuter ses ordres.

— A la bonne heure! dit le commodore; tu t'es ravisé, toi qui faisais le dédaigneux tout à l'heure; ne sois pas honteux de ta vivacité, mon garçon. Allons! habit bas: voilà deux louis, et demain tu pourras dire à tous que tu m'as baigné!

Le baigneur ne répondit pas; le vent eût d'ailleurs empêché le commodore d'entendre ses paroles. Il accepta l'or et entra dans l'une des tentes. Une éclaircie de lune étant survenue en ce moment, sir Southwel qui s'était dépouillé de ses vêtemens, le vit bientôt ressortir avec l'équipement ordinaire des baigneurs jurés; il lui tendit la main, et tous deux bientôt fendirent la lame.

. . . .

Une demi-heure après, au milieu de l'effervescence joyeuse du bal et pendant que les quadrilles emplissaient la jolie salle bleue de l'établissement des Bains, plusieurs douaniers de ronde arrivèrent en toute hâte prévenir le docteur Bernard.

Le mot de meurtre circula bientôt dans toutes les bouches. La mer, disaient ces hommes, avant rejeté sur la plage le cadavre du commodore, à côté duquel figuraient les habits encore mouillés de Langlois.

Le docteur se hâta de sortir ; sir Robert et Rodolphe de Nanteuil soutinrent dans leurs bras lady Southwel évanouie...

III.

Le lendemain de cette catastrophe, lady Southwel, qui avait passé sur pied le reste de la nuit, se promenait encore d'un pas agité dans son appartement, quand la sonnette de l'hôtel l'avertit d'une visite. Une minute après, Rodolphe de Nanteuil entra. Dès que le baron eut échangé avec elle quelques phrases obligées sur l'événement de la veille :

— Madame, lui dit-il, il faut maintenant que je vous parle de moi, et, je l'avouerai, je ne viens le faire ici qu'avec répugnance. Vous m'avez opposé plus d'une fois, avec justice, la délicatesse de ma situation auprès de vous, le danger de mes empressemens et les inductions calomnieuses que l'on pouvait tirer de mon ardeur à vous défendre ; vous avez fait appel à ma loyauté, tout en élevant une barrière devant mon amour. Aujourd'hui, le ciel a pris soin de vous délivrer de ces scrupules ; aujourd'hui, vous êtes libre, et en réclamant votre main...

— Quoi ! baron, vous choisissez un pareil instant ? Je vous croyais à la fois plus de ménagement et d'affection pour moi ; la douleur, le trouble où je suis...

— C'est précisément ce trouble et cette douleur qui font, madame, que vous ne pourriez vous défendre ; un autre doit prendre ce soin. Oui, la malignité publique se répand déjà en sourdes injures contre vous ; on vous accuse d'avoir prêté les mains à cet attentat, on va jusqu'à dire que ce baigneur arrêté depuis hier...

— Ce baigneur ? Eh bien ?

— Eh bien ! l'on insinue qu'il était payé pour vous défaire de votre mari...

— Ah ! monsieur !...

— Son interrogatoire devant le procureur du roi a dû avoir lieu il y a une heure ; le capitaine Rook et sir Robert y ont été cités comme témoins ; ils vous en rendront bon compte.

— Ainsi l'on trouve moyen d'aigrir encore mon malheur... on me charge d'une accusation !...

— Que la confrontation de Langlois avec le cadavre fera tomber, je n'en doute pas ; mais, madame, il vous est facile de voir qu'il vous faut recourir à un appui dans de si terribles circonstances. Lorsqu'à la médisance qui vous attaquera je pourrai répondre : « C'est moi que lady Southwel a choisi pour époux, » croyez-le, lady Southwel, je saurai réduire vos ennemis au silence. Ignorez-vous qu'à Londres, comme ici, leur acharnement ne s'endort pas ? Avez-vous oublié le motif de votre divorce avec le commodore ?

— Ah ! vous êtes cruel de me le rappeler en ce moment ! vous n'avez pas de pitié !

— Je ne vous en fais souvenir que pour vous montrer le danger de votre faiblesse. Tant que votre époux a vécu, j'ai compris, tout en souffrant plus que tout autre de cette détermination, l'inflexible veuvage que vous vous imposiez vis-à-vis de cet homme qui vous laissait cependant maîtresse d'un second choix ; vous vouliez que votre conduite le fît rougir de la sienne, vous vouliez qu'il pût vous dire un jour : « J'ai été injuste envers vous, je vous ai bannie, maudite ; à votre tour, madame, de me recevoir et de me pardonner ! »

— Oh ! s'écria-t-elle en joignant les mains avec douleur, s'il m'avait dit cela, s'il avait pu me le dire ! Mais Dieu ne l'a pas permis ! continua-t-elle en sanglotant.

Rodolphe de Nanteuil fut touché, non que dans les fibres intimes du jeune homme il y eût un grand fond d'amour ou de pitié pour cette admirable créature, dont son intelligence était loin d'avoir compris la valeur, mais il y a dans une belle femme qui pleure une grâce si touchante que les hommes les plus vulgaires s'émeuvent à ce spectacle. La pâleur de lady Southwel, le signe le plus distinctif de sa personne, était devenue plus frappante encore en ce moment par le désordre de ses longs cheveux retombant sur ses joues comme les plis noirs et lisses d'un voile. Évidemment elle avait pleuré, la noble femme ; sa peau marbrée de tâches violettes semblait garder çà et là l'empreinte de ses larmes. Accoudée près d'un petit secrétaire, dont les tiroirs ouverts étaient remplis de lettres et de papiers, elle y avait laissé s'éteindre sa bougie à côté du bouquet de bal qu'elle portait la veille, et dont les fleurs étaient fanées.

Le baron la contemplait avec la satisfaction secrète que donne l'assurance d'une victoire. Épris depuis deux ans de cette resplendissante personne, qu'il avait connue d'abord habitant le fastueux hôtel du commodore à Portland-Place, enviée, recherchée par tous les salons de Londres, courtisée surtout parce que sir Southwel s'était vu contraint de la quitter pour un commandement dans les Indes le surlendemain de son mariage, Rodolphe de Nanteuil l'avait retrouvée ensuite aux eaux de Spa, abandonnée, délaissée par ce même époux, n'ayant d'autre compagnie que sir Robert, son parent ; d'autre serviteur que Harry, son valet de chambre. L'incomparable beauté de l'Anglaise avait fait sur le baron une impression profonde ; la perfection désespérante de ses formes aussi pures que l'émail l'avait ébloui. Il avait formé le dessein de plaire à la belle lady, et pour arriver à ce but, il s'était imposé le sacrifice de ses moindres habitudes. Il ne fumait plus, il ne jouait plus, il avait quitté la table et renoncé aux chevaux ; bref, il n'était resté fidèle qu'à l'un de ses amours, la salle d'armes. Expert au jeu de l'escrime, Rodolphe avait cru que se faire le chevalier et le paladin de cette femme contestée, mais pure, c'était se frayer un chemin naturel dans son esprit avant d'arriver même à son cœur. Un coup d'épée qu'il avait donné pour elle à Spa, dans une circonstance où l'honneur de lady Southwel était engagé, lui avait valu d'elle une lettre écrite en réponse à la plus brûlante déclaration. Cette lettre, dictée à la jeune femme par l'émotion de la circonstance, laissait espérer au baron qu'il pourrait un jour invoquer des droits à la main de celle qu'il avait si hautement protégée ; mais ce terme était vague, lointain, car, durant la vie du commodore, lady Southwel, nous l'avons dit, bien que séparée par la loi, prétendait rester sa femme. Rodolphe de Nanteuil n'avait eu garde d'égarer cette lettre ; aussi la présenta-t-il bientôt comme un titre réel, une créance valable à celle qui l'avait peut-être oubliée.

— J'ai cru ne pouvoir mieux faire, en pareil cas, reprit-il, que de vous remettre sous les yeux votre propre parole. Que pouvez-vous craindre? N'aurez-vous pas le temps d'étudier de nouveau, pendant vos dix mois de veuvage, le caractère de l'homme qui compte s'unir à vous pour la vie? Ah! si deux années ne vous ont pas suffi pour voir tout ce qu'il y a d'amour et d'affection intime au fond de ce cœur, mon malheur est grand, madame, car je n'aime que vous; je croyais vous en avoir donné la preuve!

Rodolphe continua de la conjurer avec cette vraisemblance de protestation qui lui avait si souvent réussi auprès d'autres femmes. Le baron était jeune, bien fait de sa personne, un incontestable héros de club. Lady Southwel rendit sa lettre à Rodolphe de Nanteuil, en lui disant :

— L'avenir m'épouvante, monsieur. J'ai déjà, sans être coupable, attiré le deuil et le malheur sur la vie d'un homme; tenter le ciel encore une fois est imprudent; je ne crois pas que je puisse jamais vous rendre heureux!

A la façon noble et digne dont lady Southwel prononça ces paroles, et plus encore à l'amertume de son sourire, Rodolphe de Nanteuil fut confondu un instant; il allait répliquer, lorsque la voix de sir Robert et celle du capitaine Rook retentirent sur l'escalier.

— Vous allez, madame, être fixée sur votre péril, reprit le baron; ces messieurs sortent de l'interrogatoire de M. le procureur du roi.

Un frisson glacé courut par les veines de lady Southwel; la sueur inonda ses tempes. On eût dit qu'elle-même était coupable.

— Eh bien! sir Robert? dit-elle en s'adressant de préférence à son parent, que suivait le capitaine...

— Eh bien! madame, répondit sir Richard, les bruits infâmes dont quelques misérables osaient vous accuser se sont évanouis du premier coup devant les réponses du baigneur Langlois. Il ne peut expliquer ni ses vêtemens mouillés, ni l'or trouvé dans ses poches; mais il ne peut désavouer non plus sa haine pour le commodore, haine qui remonte à treize ans, et dont même devant nous il n'a fait hier aucun mystère, quand nous étions attablés à la taverne.

— Et il va être écroué au Château-Fort, ajouta le capitaine Rook.

— Mais cela est affreux! s'écria lady Southwel; on ne peut laisser condamner un innocent.

— Le baigneur n'a pu établir un *alibi*, reprit sir Robert. On l'a vu se promener de ce côté, on l'a entendu prononcer avec fureur le nom du commodore Southwel. Il s'est vainement récrié sur son innocence, nul autre que lui n'a pu commettre le meurtre.

— Je persiste à croire, reprit lady Southwel, que cet homme est innocent. Laissez-moi l'interroger. Conduisez-moi vers ses juges.

— Il est trop tard. Et puis ce serait donner gain de cause contre vous-même. N'avez-vous donc pas assez de ce terrible malheur, et devez-vous intervenir dans une misérable affaire de matelot? Croyez-nous, madame, ajouta sir Robert, prenez un peu de calme; nous vous sommes dévoués; le capitaine Rook lui-même, bien qu'il ait été l'ami constant du commodore, apprécie autant que nous la générosité de votre cœur.

— Au nombre de ceux qui ont intercédé en faveur de Langlois, ajouta sir Robert, le docteur Bernard est celui qui s'y est le moins épargné...

— Le docteur?

— Appelé devant le procureur du roi, il a fait valoir la longue continuation de ses services. Voilà dix ans que cet homme était attaché aux bains. Tout Anglais que je suis, j'ai été ému moi-même et j'ai serré le bras du capitaine Rook quand il a dit d'une voix ferme aux fusiliers de la garnison : « Je vous suis, mais je vais là pour un autre! » Et pourtant, quel autre eût pu?...

Le bruit de la porte légèrement poussée interrompit cette phrase de sir Robert, et l'on vit paraître le docteur Bernard dans un ensemble de toilette qui annonçait presque de la recherche. Des gants jaunes glacés, une cravate blanche haute de cinq pouces, des bas de soie et une badine à gland d'or, annonçaient plutôt un homme qui sort du bal que du parquet de M. le procureur du roi. Il prit le bras de lady Southwel, écouta, la montre en main, les pulsations du pouls, et demanda une plume et de l'encre pour écrire son ordonnance.

— Je vous laisse avec le docteur, dit Rodolphe à l'oreille de lady Southwel pendant que Bernard écrivait et que sir Robert causait avec le capitaine dans l'angle de la chambre ; réfléchissez, de grâce, et ne me forcez pas à prendre un parti qui vous surprendrait peut-être...

— Lequel? demanda lady Southwel d'une voix émue.

— Je reviendrai vous le dire ce soir, ajouta Rodolphe en s'éloignant précipitamment. Elle était si faible qu'elle n'eut pas la force de le retenir.

Sir Robert et le capitaine venaient de sortir. Le cutter de ce dernier devait remettre à la voile dans quelques heures, remportant le cadavre du malheureux commodore.

Lady Southwel demeurait seule avec Bernard.

Après quelques secondes d'un silence glacé entre le docteur et elle, Bernard lui dit :

— Il y a des secrets, madame, que l'on cache difficilement à son médecin ; non seulement vous avez pleuré, mais vous avez peur ; oui, je vois que vous tremblez chaque fois que votre regard s'attache sur cette pendule. On dirait que vous attendez un malheur!

— Oui, j'attends quelqu'un, répondit-elle véritablement troublée ; j'attends la personne qui m'a écrit cette lettre, cette lettre qui m'occupe même après le malheur qui est venu fondre sur moi. Connaîtriez-vous cette écriture, docteur?

— Je la connais, répondit lentement Bernard avec une froideur mystérieuse qui fit affluer le sang au cœur de lady Southwel. Elle le regarda comme elle eût regardé un magicien qui eût pu lire dans les lignes de sa main tremblante.

— Et savez-vous aussi ce que renferme cette lettre?

— Je le sais.

— Alors, dites-le.

— La personne qui vous a écrit vous annonce qu'elle vient d'arriver dans cette ville cette nuit même.

— Cela est vrai.

— Sa lettre vous demande un rendez-vous pour trois heures.

— Pour trois heures! oh! que cette aiguille est lente!

— L'aiguille vous laisse en effet dix minutes ; mais rassurez-vous ; cette personne ne viendra pas.

— Pourquoi ?

— Parce que je la remplace.

— Vous ?

— Je suis chargé par elle de justifier sa conduite, de vous proposer même un moyen de réparer ses torts involontaires envers vous.

— Involontaires, docteur ! mais vous ignorez ce qu'a fait cet homme ?

— Il s'est introduit furtivement la nuit chez vous, à Londres... dans votre maison...

— Dans ma chambre, dont je l'ai forcé de sortir ! Il ne me dément point, je l'espère? Parlez.

— Non, assurément ; il déplore les suites de cette imprudence ; il sait mieux que tout autre qu'il a attiré sur vous le malheur. Forcé de partir dès le lendemain...

— Forcé de partir ? mais devait-il fuir, monsieur, fuir en me laissant exposée à l'outrage de sa faute ! Je l'avais à peine vu, cet homme, et tout à coup l'enfer l'a jeté comme un démon devant moi, et il n'a eu qu'une arme à opposer à mes ennemis, l'arme des lâches, le silence.

— Madame !...

— Comment, docteur, monsieur, reprit lady Southwel, après une pause ; je conçois que vous puissiez avoir la confiance de bien des familles, mais vous ne pourriez avouer cet homme pour ami. En vous choisissant pour votre intermédiaire, vous le voyez bien, il a eu peur !

— Je n'ai jamais su trahir la vérité, madame, reprit Bernard avec un son de voix ferme ; mais ce Denys, cet homme que je me vois obligé de défendre contre votre ressentiment, cet homme a été élevé avec moi ; j'ai connu en lui des sentimens nobles, et si l'amour que lui inspirait votre beauté, sa faute, dont il n'a cessé de se repentir, a pu déverser sur vous l'opprobre qui lui était dû, il vient du moins vous offrir de le réparer. Oui, madame, héritier d'une belle fortune, il dépose à vos pieds des biens qu'il ne croit devoir partager à l'avenir qu'avec vous.

— Eh ! que m'importent ses biens, monsieur, a-t-il partagé ma honte ? Où se cachait cet homme, quand le retour de mon mari dans Londres était accueilli par des rires injurieux, quand ma seule entrée dans un cercle déchaînait l'insulte ? Était-il là pour me justifier, pour me relever du déshonneur ? Et qui vous dit à vous-même que ce misérable ne vous ait pas trompé, que ce ne soit pas un aventurier, la honte de quelque honnête famille ? Vous, monsieur, vous qui touchez chaque jour les plaies du corps, ignorez-vous aussi la profondeur incurable du vice chez certaines âmes ?

— Encore une fois, madame, cet homme n'a eu qu'un malheur, celui de vous rencontrer sur son chemin. Il vous aime, m'a-t-il dit, de toutes les forces de son âme ; vous êtes à la fois son rêve et son remords. Arrivé cette nuit même, il repartira ce soir sans vous avoir vue, à moins que je ne lui porte de votre part une réponse qui relève son courage. Réfléchissez-y, madame, il a tenté auprès de vous la démarche qu'il devait tenter, mais, d'un autre côté, il tient votre sort entre ses mains, il peut se dire et se proclamer hautement devant tous l'amant de lady Southwel. Les apparences vous ont condamnée, madame, et le divorce réclamé par le commodore est venu confirmer les apparences. Qui empêchera votre prétendu séducteur de faire sonner partout sa fausse victoire ? qui l'empêchera d'être cru?

— Dieu et mon mépris, reprit la jeune femme en se relevant avec fierté ; allez dire à cet homme, monsieur, que je le défie, lui et ses mensonges!

— Ainsi ce mariage, cette fortune qu'il vous propose...

— Eh! ne voyez-vous pas, monsieur, que ce serait confesser publiquement devant l'opinion une faute qui n'appartient qu'à lui seul? Dites à cet homme qu'il est trop tard pour réparer une telle faute, docteur, et si cet aveu ne lui suffit pas, dites-lui, ce qui est vrai, que je ne l'aime pas et que je le méprise !

Et lady Southwel, comme si elle eût voulu couper court à toute autre observation du docteur, poussa la fenêtre précipitamment ; le bruit confus des voix qui emplissait la rue ne tarda pas à monter jusqu'à sa chambre.

C'était le baigneur Langlois, que la multitude escortait depuis le Pollet, lieu de sa chétive habitation, jusqu'à la prison du Château-Fort. Par une humanité mal entendue, on avait voulu lui épargner la traversée de la grande rue de Dieppe; mais, en revanche, une foule d'oisifs et d'étrangers, logés la plupart de ce côté, se joignirent bientôt à son cortége. Le malheureux avait les mains liées derrière le dos. Appuyé sur deux baigneurs-jurés ses camarades, il promenait çà et là des regards douloureux. Jamais peut-être la beauté de ses traits n'avait apparu plus visiblement. Encadrée dans d'admirables cheveux noirs, sa figure souriait de ce mélancolique sourire qui fait soupçonner chez le condamné d'autres blessures que celles qu'il étale au jour, une torture morale plus terrible et plus poignante. Il n'avait à ses côtés ni une mère, ni une sœur, ces deux anges que Dieu, dans sa miséricorde, laisse souvent encore à ceux que le monde châtie.

Quelques uns de ces Anglais, touristes ennuyés de tous les pays, riaient insolemment, n'hésitant pas à le croire coupable d'un meurtre sur un individu de leur nation par esprit de cupidité ou de vengeance. Quand Langlois passa sous les fenêtres de lady Southwel, un tressaillement nerveux s'empara de tout son être; il se rassura en ne voyant à ce balcon que le docteur, qui le regarda passer à peu près comme Néron dut voir passer autrefois les gladiateurs du cirque. Lady Southwel était là à demi cachée sous les plis d'un ample rideau... Les larmes coulèrent de ses yeux quand elle vit passer cet homme qu'une voix intérieure lui disait être innocent. Le docteur ne l'entendit pas murmurer une prière. Il faut croire qu'il était sans doute lui-même obsédé par ses pensées, car bien après que Langlois eut passé, il demeura penché à ce balcon. S'arrachant enfin à cette torpeur et s'adressant à lady Southwel, qui venait de serrer machinalement son ordonnance dans un mince portefeuille :

— Je vous ai dit, madame, ce que je devais vous dire ; quoi qu'il m'en coûtât, j'ai rempli ma mission. Maintenant, je ne puis répondre de l'avenir ; la passion d'un autre est son secret comme celui de sa vengeance. Adieu, lady Southwel : ce n'est pas ma faute si quelqu'un vous aimait hier et vous haïra demain? Songez-y bien, vous n'avez plus que peu d'instans pour faire de cet homme votre époux ou votre ennemi!

— Vous savez ma résolution, docteur, reprit lady Southwel en le congédiant ; elle est inébranlable. Adieu !

Elle se retira en même temps dans son boudoir, où elle s'enferma quelques secondes avec Harry, qu'elle interrogea.

— Nul moyen, dis-tu, de pénétrer dans sa prison, si ce n'est par ce docteur Bernard? Cet homme me déplaît; mais il n'y a que lui qu'on puisse employer... Penses-tu qu'il remît de ma part à ce malheureux ce faible secours? Je n'ai que mes bijoux... Tiens, voilà le bracelet qu avait retrouvé. Il le gardera ou le vendra; peu importe. Pour de l'or, i n l'accepterait pas; il est trop fier. Et puis il verra bien par cet envo que je le crois innocent. Charge-toi de ces trois lignes pour le docteur; pars, remets-les-lui avec ce paquet que je cachète. Sois prompt à revenir, entends-tu?

L'arrivée imprévue de cet homme pour lequel le docteur avait cru devoir lui parler l'effrayait. Agitée de mille craintes diverses, elle s'habilla en toute hâte et marcha rapidement vers la plage... Rodolphe de Nanteuil, qu'elle rencontra, s'acheminait lui-même à ce moment vers son hôtel, elle l'entraîna bientôt au pied des falaises à pic sur lequel le Château-Fort est perché comme un nid d'aigle. Là, s'adressant au baron :

— Ce matin, lui dit-elle, vous m'avez fait une proposition à laquelle j'ai cru d'abord ne pouvoir répondre, Rodolphe : maintenant, je viens vous dire que je suis prête à vous accorder ma main. Je n'y mets qu'une condition, celle de mon départ immédiat. Oui, fuyons cette ville. Un paquebot à vapeur doit partir ce soir, à minuit, pour Londres, prévenez sir Robert, vous me retrouverez à cette place.

Étourdi de son bonheur, Rodolphe de Nanteuil croyait rêver ; il regardait lady Southwel avec hésitation.

— Qu'attendez-vous? lui dit-elle, vous avez ma parole; comptez sur elle comme je compte, moi, sur votre appui...

Elle demeura seule, abîmée dans la contemplation de ces vagues qui avaient rejeté la veille le corps inanimé du commodore sur la plage, sans qu'elle pût, dans sa pensée, attribuer ce meurtre à l'homme que la justice en avait déjà puni. En se détournant, elle aperçut les hautes tourelles du Château-Fort, dont les fenêtres en meurtrières étaient échancrées çà et là de quelques faibles rayons, car la nuit était venue. Cette prison, qui eut, on le sait, l'honneur d'enfermer quelque temps madame de Longueville, projetait alors sur la rousse verdure de son plateau l'ombre épaisse de ses lignes. Une lune pâle, voilée par de lourds nuages, éclairait de temps à autre les maisons de briques qui bordent la plage comme un chaînon pour se perdre ensuite dans le brouillard de la jetée. L'air était pénétrant ; lady Southwel, enveloppée d'un manteau de voyage, était restée à la même place, froide, immobile. Aucun bruit, aucun son distinct, si ce n'est celui de la vague, n'arrivait à son oreille ; et cependant on eût dit qu'elle craignait de voir se lever à chaque instant une ombre sortie du creux des falaises, un génie malfaisant comme un reptile. Les paroles du docteur Bernard, en la quittant, se représentèrent bientôt comme autant de menaces à son imagination, elle regarda autour d'elle avec effroi. Tout à coup des pas retentirent sur le sable, un homme s'avança vers elle, et involontairement lady Southwel jeta un cri...

En reconnaissant Harry, sa frayeur se dissipa, il venait apprendre à sa maîtresse que le médecin des bains s'était chargé de sa commission, et que ses intentions seraient remplies.

— Et il n'y avait personne avec le docteur quand tu lui as remis ce paquet? demanda lady Southwel d'une voix tremblante.

— Il était seul chez lui, occupé d'un travail important. M. Bernard m'a prié de prévenir madame, que demain à midi il comptait passer chez elle.

— Il ne me trouvera pas, reprit-elle avec un éclair de triomphe dans le regard; tiens-toi prêt à partir cette nuit avec moi sur le *Saint-James!*

Elle ne tarda pas à se voir rejoindre par Rodolphe de Nanteuil et sir Robert, qui avaient mis à ce départ le mystère qu'on apporterait à une fuite. Quand le coursier de feu sillonna l'onde, et que lady Southwel, retirée au fond de sa cabine, interrogea du regard la bande de terre qu'elle quittait, ses yeux se voilèrent de larmes pieuses, comme si elle eût quitté un tombeau. Appuyée à l'unique vitre de sa chambre de passager, elle vit s'éteindre une à une les lumières vacillantes du Château-Fort, qui redevint bientôt une énorme masse noire. Par un instinct de superstition auquel les femmes se laissent aller si facilement, elle adressa au ciel une de ces prières tacites qui ne sont entendues de personne sur la terre. Le hasard voulut qu'à cet instant une des lumières de la prison se réveillât et projetât de nouveau son œil flamboyant à travers l'une des fenêtres. Lady Southwel remercia Dieu.

— Veillez sur lui, mon Dieu! murmura-t-elle en joignant les mains.

IV.

Dix-huit mois après ceci, sur la terrasse principale du German-Spa, jardin hygiénique attenant à l'établissement des fous, auquel on arrive en longeant les collines qui dominent Brighton, deux personnages causaient familièrement. Ils étaient accoudés à une petite table verte où figuraient encore les restes d'un thé.

Le plus âgé, par sa maigreur excessive et la morne pâleur de son teint, contrastait singulièrement avec le jeune et frais dandy qui l'écoutait avec distraction. Enveloppé d'une ample robe de chambre qui faisait presque deux fois le tour de son torse grêle, il élevait la voix de temps à autre pour donner des ordres à plusieurs domestiques anglais ou français traversant d'un pas pressé les allées diverses du jardin.

Évidemment c'était l'hôte, le propriétaire du lieu, car il surveillait les moindres mouvemens de ces hommes avec un soin tout particulier.

Le péristyle de marbre non loin duquel il s'était fait servir le thé annonçait, en lettres d'or, aux malades de Brighton les eaux efficaces de Pyrmont, de Spa, de Carlsbad, d'Egra et autres localités thermales. Au fond de la cour était le bâtiment destiné aux fous. Le jardin était charmant d'aspect et bien tenu; on apercevait de son plateau les dômes fantasques et aériens de la ville, son architecture orientale, ses hochets de marbre et le trop fameux pavillon construit par George IV lorsqu'il n'était encore que prince de Galles. Les côtes de l'île de Wight pointaient au loin à travers le voile de la brume, et pendant la conversation des deux convives, quelque promeneurs épars dans les allées admiraient de la terrasse ce brillant panorama.

— Vous voilà revenu à vos idées, docteur, vous persistez à me croire heureux, reprit le jeune homme avec un soupir; parce que je chasse à Peckam et que je mène ici quatre chevaux à grandes guides, que j'ai loué un hôtel, que ma femme est belle et que je ne laisse approcher d'elle aucun lion britannique, me voilà placé par vous au troisième ciel! Encore un coup, vous jugez sur l'apparence, comme tant d'autres!

— La baronne de Nanteuil n'est-elle donc pas faite pour amener le bonheur avec elle? reprit le docteur Bernard d'un ton dans lequel perçait une envie secrète de se voir démenti.

— Certainement, docteur, ma femme a en partage mille dons exquis: la beauté, les talens; elle se met comme un ange et chante comme une fauvette; mais, comme l'a dit si bien le spirituel Figaro qui saignait avant vous: l'argent, docteur, l'argent, voilà le nerf de l'intrigue; le budget d'un ménage, c'est là une terrible chose, docteur, et vous avez bien fait de rester garçon.

— Je vois, mon cher baron, que le jeu vous aura maltraité; on joue gros à Brighton, et voilà bien deux mois que vous habitez cette plage. Ici, je vous en préviens, vous aurez affaire à de rudes joueurs; à la fin d'une soirée les pertes s'élèvent à plusieurs milliers de livres!... Pour peu qu'il vous plaise de parier avec cela! Mais il ne m'appartient pas de vous faire de la morale... n'avez-vous pas près de vous le livre de la Sagesse en personne, le vertueux sir Robert, conseiller intime de la baronne?

— Et l'on ne dira pas, docteur, que j'ai choisi un cavalier servant dangereux pour mon repos! Sir Robert m'est fort utile; c'est ma Providence, il porte le flacon, le châle, le mouchoir de madame de Nanteuil; ma parole d'honneur, c'est un cousin qui a toutes les qualités d'un mari... Aussi, pour celui-là!...

— Pour celui-là, se hâta de reprendre le docteur, il ne serait pas homme, j'en suis sûr, à s'introduire de nuit dans la chambre d'une veuve ou même d'une chanoinesse!

La rougeur monta au front de Rodolphe de Nanteuil, à ces paroles du docteur Bernard; il y découvrait une allusion directe ou cachée à cette aventure cruelle qui avait été pour lady Southwel la cause première de tant de malheurs. Le baron n'en était-il déjà plus avec sa femme aux premières pages du roman? Jugeait-il son propre mariage en homme de sang-froid? Lady Southwel, une fois devenue baronne de Nanteuil, avait-elle perdu pour lui le prestige de la passion? Rodolphe aurait craint, en vérité, de s'adresser ces questions à lui-même. Sa fortune, entamée du tiers par ses folies de jeune homme, au lieu de se voir régénérée par celle de sa femme, s'amoindrissait chaque jour, lady Southwel n'ayant conservé que ses biens de demoiselle par suite de son divorce. Vainement, sir Robert, qui se rappelait le dernier entretien du commodore et les dispositions dans lesquelles il l'avait trouvé pour sa femme, avait-il remué toutes les études d'avoués et de notaires pour retrouver à Londres une copie présumable de l'acte important ravi au commodore, la nuit du meurtre ou de l'accident, et qui remettait lady Southwel en possession de ses revenus du vivant même de son mari; ses démarches successives n'avaient produit aucun résultat. Sir Robert avait dû se perdre dans le dédale ordinaire des conjectures. Les prodigalités de Rodolphe n'étaient guère de nature à améliorer cet état de choses; Rodolphe poursuivait le jeu avec acharnement, il avait essayé de ce moyen comme un malade essaie d'un remède désespéré.

S'il recherchait le docteur Bernard, placé depuis peu à la tête de l'établissement des fous à Brighton, c'est que, depuis ce mariage, dont les chaînes lui étaient devenues si tôt pesantes, il avait cru surprendre dans cet homme un secret instinct de sympathie et même d'intérêt pour ses plus secrètes blessures. Le docteur lui semblait le seul qui, en reconnaissant les éminentes qualités de la baronne de Nanteuil, ne parût pas s'étourdir ou s'aveugler sur la gravité de cette première accusation portée au tribunal de l'opinion contre lady Southwel. Quand Rodolphe amenait la conversation sur ce point, il y avait dans les demi-mots de M. Bernard une conviction si profondément intime, que le jeune homme lui-même n'avait pas la force de la combattre ; il cédait à une sorte de puissance occulte, il avait fini par regarder Bernard comme un être étrange, commis à la garde de ce ténébreux mystère.

Lady Southwel n'avait eu garde d'instruire Rodolphe de la démarche tentée par le docteur avant son départ de Dieppe, mais peu à peu le baron, piqué au jeu par les réticences mêmes de Bernard, avait senti se réveiller en lui un invincible sentiment de curiosité. Le docteur, pensait le jeune homme, aurait-il la clé de cette énigme, pourrait-il m'aider à lever le voile qui la couvre? Du jour où Rodolphe comprit la valeur d'une pareille découverte pour le projet qu'il méditait seul, et dont il n'eût fait part à qui que ce fût, il affecta avec Bernard un air d'homme malheureux ; il espérait provoquer de la sorte les confidences. Rodolphe en était venu à cet état où l'on s'efforce de croire pour triompher ; il allait devenir coupable du plus lâche de tous les délits, celui de l'abandon, et il fallait bien, pour s'excuser à ses propres yeux, qu'il trouvât dans sa femme une coupable.

— Et n'est-ce pas ce soir, m'avez-vous dit, cher baron, ce soir, à onze heures, que madame de Nanteuil fera sa gracieuse entrée au bal d'Alden? Les patronesses y seront, dit-on, magnifiques. La marquise d'Herfort m'a montré hier sa parure ; j'ai cru voir les joyaux de la couronne.

— Celle de madame de Nanteuil, cher docteur, peut lutter en fait de goût, sinon de richesse, avec les diamans de la marquise d'Herfort. Elle me coûte assez cher, ajouta Rodolphe ; voyez plutôt ce billet du joaillier Jacob : quatre cents livres d'Angleterre !

— Peste ! quatre cents livres ! Vous étiez né, baron, pour vivre au temps galant de Buckingham ! reprit le docteur avec un sourire ironique.

— Elle sera superbe, n'est-ce pas, docteur? La voyez-vous arriver à ce bal? Chacun s'écrie : C'est l'étoile, le soleil des dames patronesses, et l'on murmure plus bas : C'est la femme du baron de Nanteuil.

— Ma femme ! continua-t-il en se levant et en prenant le bras de Bernard, qu'il serra de façon à le surprendre. L'agitation nerveuse du jeune baron surprit le docteur ; il épiait la physionomie de Rodolphe ; il y découvrait tous les signes d'une lutte intérieure.

— Docteur, lui dit le baron après l'avoir tiré à l'écart dans une allée, docteur, êtes-vous mon ami ?

— Il me semble, baron, que je vous l'ai assez prouvé ; si votre question est un doute, j'aurais le droit de m'en offenser.

— Pardonnez-moi, j'oubliais la part que vous prenez à ce qui me touche... Vous êtes trop bien instruit de plusieurs particularités de ma vie pour ne pas m'aider en celle-ci... Expliquez-moi ce billet, ajouta-t-il mystérieusement, et veuillez me donner un conseil.

Rodolphe tira de son sein un papier rose soigneusement cacheté : c'était une déclaration dans toute la force du terme. Ce billet était signé d'un nom de femme : *Lady Aminthe Warwick.*

— L'une de mes malades ! fit le docteur en affectant la surprise, elle est sourde et folle aux trois quarts, la digne dame ! mais elle n'en possède pas moins soixante mille livres sterling dans le comté d'Oxford, ce qui fait excuser ses soixante ans. Ajoutez à cette rente annuelle des biens en Écosse et un rhumatisme aigu qui permettra au noble sir Edwards Halton, qui doit l'épouser, dit-on, de ne pas attendre long-temps sa fin... Si vous teniez à lui faire votre cour, reprit le docteur, je vous conseille de vous dépêcher, car elle part demain, oui, demain au petit jour. Ses chevaux sont commandés et son nègre Jupiter est seul du voyage...

— Soixante mille livres sterling ! murmura Rodolphe en fixant les yeux sur le sable du jardin.

Il avait donné la lettre à Bernard, qui la parcourait en réprimant un sourire étrange...

— Je n'ai plus le droit d'être surpris, monsieur le baron, je me souviens maintenant !... Oui, plus d'une fois, en effet, lady Aminthe m'a parlé d'un beau cavalier qui venait s'asseoir vers midi sur cette terrasse; ce cavalier, qu'elle appelle son Roméo, c'était vous ! Peste ! il est dommage que l'hymen vous compte au rang de ses fidèles sujets ! Vous auriez la fortune d'un lord ! un hôtel à Bond-street et des valets poudrés comme des marquis pour vous présenter vos lettres ! Mais le proverbe est vrai, qui dit qu'on ne peut avoir beauté et richesse... Et cependant cette donation faite à votre femme par le commodore Southwel...

— Cette donation, docteur... elle est perdue, on l'a arrachée au commodore... je vous ai menti quand je vous ai dit que j'étais riche !

— Allons donc ! votre train, baron, vos chevaux ? et ce matin encore cette parure ?...

— Cette parure, je la dois avec vingt autres, et je sais de plus, reprit Rodolphe s'exaltant ainsi par degrés devant le docteur, que l'on doit me saisir ce soir même... oui, à la sortie du bal d'Alden.

— Que m'apprenez-vous là ?

— L'exacte vérité. Maintenant comprenez-vous ce que souffre mon orgueil... je ne dirai pas mon amour, car, vous le savez aussi bien que moi... lady Southwel fut vraiment coupable une première fois, et ce tort passé rejaillit à cette heure sur sa vie. Oui, j'ai bien le droit de la quitter, continua Rodolphe, en s'affermissant peu à peu dans l'opprobre de sa pensée, j'ai le droit de la quitter cette femme qui n'a pas craint peut-être de sacrifier à son ancien amant cet acte important, première base, premier contrat de notre fortune, cette donation.

— Silence ! interrompit le docteur, ces massifs du jardin ont remué; oui... je ne me trompe pas, il y a ici quelqu'un.

— Eh, pardine ! c'est moi, monsieur Bernard, fit un homme en s'avançant d'un air patelin. C'est moi, monsieur le docteur, moi, Langlois, pour vous servir ! Oubliez-vous que vous m'avez dit hier de me trouver aux ordres de lady Aminthe Warwick pour sa promenade en mer à cette heure ? J'ai là mon *boat*, il est repeint d'aujourd'hui. Oh ! il vous fera plaisir rien qu'à le voir.

— C'est bien, Langlois, c'est bien, tu es de parole, répondit Bernard, mais lady Aminthe est encore à sa toilette. C'est Langlois, notre ancien ami de Dieppe, ajouta le docteur en le montrant à Rodolphe, le guide choisi par madame de Nanteuil pour ses excursions nautiques. Un gaillard sur le compte duquel vous êtes, je l'espère, revenu complétement depuis ce que je vous en ai dit à diverses fois... Vous savez qu'il a fait bravement huit mois de prison au Château-Fort de Dieppe!

— Et pour une accusation dont le ciel connaît l'injustice! reprit le baigneur avec calme. Que l'infamie en revienne à son auteur! Il m'a fait haïr ma ville, mes compatriotes et presque la France, ajouta Langlois avec une larme de douleur. Oh! si je le connaissais!

— Tu as quitté Dieppe où tu pouvais cependant demeurer, Langlois; n'y avais-tu pas été absous? dit Bernard d'une voix dont il adoucit le timbre.

— Absous, monsieur Bernard! Oh! c'est vrai, mais après huit mois de prison et d'attente; le jury ne va pas vite! ils m'ont acquitté, comme ils disent, faute de preuves assez évidentes.

— Et en faveur de tes antécédens... Moi, d'abord, je l'avais toujours dit, c'est un honnête garçon que ce Langlois.

— Vous êtes bien bon, monsieur Bernard, répondit Langlois avec une expression étrange. Seulement, vous comprenez, on n'a pas ses aises au Château-Fort. Quand on m'en a tiré, j'étais incapable de me soutenir, j'étais maigre comme un de vos malades...

— En effet, reprit Rodolphe, tu as dû souffrir, tu es bien pâle...

— Un reste de cachot, voilà. J'ai traîné cinq mois encore, et puis j'ai dit adieu à ma ville. C'est tout simple, j'avais une dent contre elle. Mais tenez, monsieur Bernard, ne parlons plus de cela... La journée est superbe!... mon boat est prêt, et lady Aminthe Warwick s'impatiente, j'en suis sûr... Au revoir, et toujours prêt à vous servir.

Langlois salua le docteur et le baron; il portait une veste de toile rayée dont les manches étaient retroussées jusqu'au coude... Rodolphe fut surpris de voir briller un bracelet à son poignet droit.

— Quel est ce bracelet? demanda-t-il au docteur, en voyant Langlois s'éloigner précipitamment.

— Comment, vous l'ignoriez? je ne vous l'avais pas dit? Il est vrai que je suis souvent distrait, reprit Bernard en ayant l'air de s'accuser. Ce bracelet est celui de lady Southwel.

— De ma femme? expliquez-vous.

— Certainement; elle m'avait chargé de le lui remettre moi-même le soir de son départ pour l'Angleterre, il y a de cela dix-huit mois...

— Le soir de son départ, dites-vous? et pourquoi? Mais ce soir-là, continua Rodolphe en se parlant à lui-même, cet homme venait d'être conduit en prison. Que voulait dire cet envoi?

— J'ignore... je n'ai su... balbutia le docteur... Lady Southwel voulait peut-être dédommager le baigneur... Elle m'a toujours dit qu'elle le croyait innocent...

— Innocent!... innocent!... répéta Rodolphe; peu importe, elle est Anglaise, elle est fière, et elle lui a envoyé son bracelet!

— Pourriez-vous soupçonner?...

Rodolphe ne répondit pas; mais, entraînant Bernard dans un coin plus reculé du jardin, ils causèrent tous deux long-temps à voix basse; un quinconce touffu les enveloppait de son ombre. Nul rayon de soleil ne perça ce sombre conciliabule; on eût dit que l'esprit du mal étendait son voile sur eux.

— Ainsi, docteur, vous me servirez? Vous aurez des chevaux prêts?

— Ce soir après le bal, à trois heures... c'est l'heure où lady Aminthe Warwick compte partir pour Londres...

— Fort bien : je rentrerai comme de coutume, je mettrai en ordre quelques affaires chez moi, et...

— Surtout, ne vous montrez pas au bal?

— Sir Robert y accompagnera ma femme. Vous, à trois heures, soyez à la porte de ma chambre de toilette : par cet escalier dérobé dont j'ai seul la clé; vous monterez et frapperez deux coups, cela voudra dire : La chaise et les chevaux sont là...

— A merveille... je comprends. Lady Aminthe Warwick, amenée par moi, sera dans la chaise; de là vous partez vers Londres à tour de roues...

— C'est dit. Vous, mon cher, disposez au moins lady Aminthe en ma faveur... Le portrait que vous m'en avez fait est peu flatté, mais dans les cas pressans, on n'a pas le droit d'être difficile... Ma figure et mon nom lui plaisent, vous me l'avez dit; restera, à mon arrivée à Londres, le duel avec sir Edwards Halton, mon rival, et je m'en charge! Quant à la baronne, je ne saurais la remettre en meilleures mains qu'aux vôtres, monsieur Bernard, et vous l'aiderez, n'est-ce pas, à se consoler de ce départ, que vous ne lui ferez entrevoir que comme une absence? Adieu donc, et à ce soir! Voici lady Aminthe qui revient de sa promenade; je me sauve!

Lorsque le docteur l'eut perdu de vue, après l'avoir regardé long-temps sortir à grands pas par cette allée du jardin :

— Pauvre sot! dit-il, tu ne peux savoir quel terrible jeu tu joues? Il obéira; c'est tout ce qu'il me fallait!

En ce moment, lady Aminthe Warwick, appuyée au bras de Jupiter, son vieux noir, montait péniblement les degrés en marbre blanc de la terrasse, s'attendant sans doute à voir Rodolphe, son beau cavalier, apparaître furtivement devant elle au détour de quelque année. Le vermillon le plus vif, mélangé avec du blanc de céruse, en faisait alors une palette éblouissante; ses pinceaux, délayés habilement dès le matin dans un large pain de bleu cobalt, distribuaient sur son cou nu de petites veines qui devaient marquer la délicatesse de sa peau. Ses deux sourcils, formés en arc d'un noir luisant, eussent prouvé seuls à Rodolphe qu'elle savait dessiner aussi bien que Fielding.

Lorsque cette majestueuse caricature se fut vu hisser par Jupiter au haut du perron, Bernard s'en vint à elle d'un air aussi obséquieux qu'empressé, et lady Aminthe approcha son cornet de son oreille.

Après une demi-heure de conversation, il faut croire que l'éloquence du docteur l'avait persuadée, car il la reconduisit jusqu'à sa chambre, d'où il redescendit presque aussitôt avec un sourire diabolique...

V.

Quand Rodolphe de Nanteuil monta les degrés de son hôtel, le cœur lui battait violemment.

L'aspect seul de cette chambre solitaire, où il posait le pied comme un malfaiteur nocturne, semblait accuser le baron. Lady Southwel était absente, et dans cette absence il y avait un charme indicible qui la rappelait partout à l'œil de Rodolphe. Ici le piano à demi fermé, plus loin des fleurs, un keepsake posé sur une table, deux bougies se mourant aux branches d'un candelabre; une paire de gants essayés, puis rejetés sur une console de marbre...

Rodolphe considéra ce silence et s'arrêta.

— Ce que je vais faire est bien lâche! pensa le jeune homme. Je ne sais pourquoi la parole de Bernard a sur moi tant d'empire, mais elle me domine, elle me pousse... Cette union me pèse, je n'eusse osé le dire à personne; lui seul a compris qu'elle me pesait... Je n'étais pas créé pour un tel joug, pour tant de vertu peut-être!

Pour tant de vertu! reprit-il bientôt avec un amer sourire; mais qui me dit, qui me prouvera surtout que lady Southwel, la femme du commodore, ne me trompe pas? A ce bal, où je l'ai laissé conduire par sir Robert, que se passe-t-il entre elle et sa pensée? Me trahirait-elle, ainsi que le pense le docteur? L'enfer me servirait alors à propos. Mais cela n'est pas, continua-t-il en se dirigeant vers la fenêtre avec ce secret dépit d'un homme qui ne peut même rencontrer une excuse pour sa justification. Cela n'est pas : elle m'aime!

Et Rodolphe, debout près de la fenêtre entr'ouverte, se prit à considérer la hauteur des cliffs que baignaient lentement les flots calmes de la mer. L'Océan murmurait comme une harpe sous la brise.

— Elle danse! pensa le baron; elle est au bal, fêtée, admirée; chacun m'envie! Et moi je demeure un condamné, un captif! Des gens de justice sont à la porte de la salle de danse, postés là pour me saisir! Je ne pouvais m'y montrer : ils m'eussent arrêté à la sortie! C'est le jeu qui m'a creusé cet abîme; le jeu, hymen horrible auquel j'avais souscrit avant celui de cette femme!

Rodolphe ajouta :

— Ce que Bernard me propose est-il un crime? Non, je la délie, je l'exempte de l'opprobre. Une femme si belle, si fière, contrainte bientôt de me demander sa vie au jour le jour, comme une aumône! Non, cela ne sera pas! Et moi-même, moi-même, pourrais-je donc supporter ce revers, cette raillerie implacable de la fortune? Suis-je donc un homme à traîner des jours obscurs comme la plupart de ces Anglais ruinés sur le continent? Pourrais-je supporter désormais, à Paris ou à Londres, la vue de ces heureux qui roulent en char vers le plaisir, pendant que moi?... Non, plutôt mourir! Dès le premier jour où j'aimai lady Southwel, j'aurais dû voir que ce mariage était folle! Et d'ailleurs, reprit lentement Rodolphe en ayant l'air d'appeler à son aide un souvenir long-temps endormi, n'ai-je donc pas le premier relevé lady Southwel en l'épousant? L'opinion publique était contre elle, j'ai fait taire l'opinion!

En proie à ces réflexions poignantes, dans lesquelles il se complaisait pourtant comme dans un plaidoyer favorable à ses desseins, Rodolphe examinait machinalement plusieurs meubles de cette chambre. C'étaient pour la plupart des inventions futiles de la mode : ici des coffrets de velours, plus loin des cabinets du temps de Louis XIV incrustés de nacre et d'ivoire... Le jeune homme ne donnait guère qu'une médiocre attention à tous ces objets, lorsque soudain, en poussant un léger ressort, un billet assez grossièrement plié sortit de l'un des tiroirs. La curiosité du baron devait se trouver excitée par l'écriture seule de la lettre, écriture qui n'affichait, à coup sûr, aucune prétention calligraphique.

Rodolphe approcha l'un des flambeaux de la cheminée et lut :

« Plus heureux que jamais, madame, je crois tenir enfin la trace du lâche qui a osé s'introduire à Londres chez vous. Si Dieu nous seconde, nous triompherons bientôt de *lui*, de l'assassin de votre mari! Car il m'est démontré que lui seul a pu commettre le crime. »

— Pas de signature! murmura le baron avec surprise. Il courut du regard au bas de la page et lut :

« A vous, ma vie! ma vie, devenue désormais une honte. Vous qui souffrez, vous devez comprendre ceux qui souffrent. Vous me redemandez ce bracelet : impossible, c'est mon seul bien. Ne l'ai-je donc pas payé assez cher? A demain midi, ma barque vous attendra comme de coutume. Là, seulement, je vous en dirai davantage. Par lettre, on ne peut se parler ni librement, ni sûrement. »

— Plus de doute! s'écria Rodolphe ; c'est une lettre de Langlois! Elle ne l'aime pas, elle ne peut l'aimer, reprit-il bientôt, autant par conviction de fatuité que par conscience de la vertu de lady Southwel ; mais voilà la preuve que j'attendais... qu'importe? Pourtant, si ce baigneur disait vrai, s'il avait découvert le meurtrier du commodore! Eh! que m'importe à moi! murmura Rodolphe après une pause ; ai-je donc le temps d'attendre un procès criminel, et cela me rendra-t-il ma donation? Malgré les affirmations de sir Robert, j'ai le droit de douter que le commodore Southwel eût fait vraiment cet acte en faveur d'une femme accusée, jugée par un tribunal de Londres! Tout cet échafaudage de générosité n'est que mensonge! Oui, décidément le mariage que m'a ce matin proposé le docteur...

La tête appuyée dans ses deux mains, le front humide de sueur, Rodolphe agitait encore en lui-même ce sombre débat, lorsque la porte s'ouvrit. Lady Southwel, en robe de bal, rentrait pâle, appuyée au bras de sir Robert.

Par une honte instinctive, Rodolphe de Nanteuil cacha dans son sein la lettre de Langlois, comme un brigand surpris cache son arme.

— Vous l'avez exigé, Rodolphe, dit-elle avec une irrécusable tristesse et en détachant de son épaule ses rubans de dame patronesse; vous l'avez exigé et je suis allée à ce bal!

— Le motif de mon absence vous est connu, répondit froidement Rodolphe ; nous ne sommes plus au temps des folles amours, baronne, et notre regard devait sonder l'avenir.

— L'avenir, Rodolphe? le vôtre n'est-il pas le mien? qu'il soit calme ou chargé d'orages, je vous appartiens, vous êtes mon mari, mon maître!

L'héroïque douceur que madame de Nanteuil mit à ses paroles eût confondu tout autre que Rodolphe. En ce moment, ses yeux cherchèrent vainement au cou de sa femme la parure qu'il croyait y rencontrer et qu'il avait fait porter chez elle le matin même.

— Je croyais, dit-il, vous voir ce collier...

— Ce collier, répondit timidement madame de Nanteuil, comme si la généreuse femme eût commis une faute; ce collier était trop cher, et je l'ai rendu au bijoutier... Ne m'en voulez pas, vous avez assez d'engagemens à tenir sans en augmenter encore la liste... N'est-il pas vrai, sir Robert?

Sir Robert ne répondit pas.

Debout près de la cheminée, il examinait avec une méticuleuse attention une liasse de papiers que venait de lui remettre le concierge de l'hôtel. En voyant Rodolphe se diriger vers lui, il replia soudainement ce dossier, et affecta de reprendre un air serein.

— Avouez, sir Robert, reprit le baron après une pause, que ces papiers me regardent. Quelques créanciers qui me poursuivent, dix ou vingt marchands de Brigthon ligués contre moi, sans doute... Donnez-moi ces papiers et laissez-moi seul m'occuper de ces misères.

— Puisque vous le voulez absolument, baron, prenez donc et lisez. J'ignore le nom de l'homme qui aspire ainsi à se montrer tout d'un coup l'artisan de votre ruine... mais vous avez un ennemi, vous n'en pouvez plus douter...

Rodolphe de Nanteuil parcourut avidement les papiers que lui tendait sir Robert, son étonnement fut au comble en voyant qu'un homme dont le nom lui était inconnu devenait son unique persécuteur, parce qu'il avait acheté sous main toutes ses créances. On requérait contre lui le paiement des dettes ou la prison. Le délai était bref, car le baron n'avait plus que cette nuit.

Le nom de cet ennemi mystérieux était-il vrai, ou n'était-ce qu'un nom d'emprunt? Rodolphe ne se donna pas le temps d'approfondir cette énigme; sa résolution était prise, et s'adressant à madame de Nanteuil:

— Je pense, lui dit-il, que, malgré la fatigue du bal, vous m'accorderez, baronne, un moment d'entretien nécessaire; sir Robert, je vous remercie de la communication de cet acte; pourquoi me le reprendre seulement, et que prétendez-vous faire?

— Ceci me regarde, répondit tranquillement sir Robert; je vais revenir dans un instant. Peut-être est-il encore un moyen de vous sauver.

Il sortit en jetant un regard affectueux à la baronne. Dans l'âme droite et généreuse de cet homme simple, le soupçon d'une infamie ne pouvait entrer; il croyait Rodolphe malheureux au moment où le baron était peut-être plus embarrassé que jamais de se montrer injuste et coupable.

Le premier mouvement de madame de Nanteuil ne lui en fournit que trop tôt l'occasion.

— Prenez ces écrins, ces valeurs, dit-elle à Rodolphe, dès que sir Robert se fut éloigné; peut-être pourront-ils parer aux premiers coups dont on vous menace. Tout ce que je possède est à vous, Rodolphe; oh! je n'ai jamais tant regretté de n'être plus riche!

Rodolphe se contenta de repousser les parures que madame de Nanteuil tirait rapidement de chaque coffret de sa toilette, et fixant sur elle un regard impitoyable d'ironie :

— J'aime à voir, dit-il, comment une Anglaise joue la comédie, baronne; mais rassurez-vous, je n'abuserai point de vos offres. Tous ces joyaux, madame, sont loin de valoir le bracelet que vous avez donné à votre amant!

— Quel amant? quel bracelet? et que voulez-vous dire? balbutia madame de Nanteuil, visiblement alarmée.

— Connaissez-vous cette lettre? elle est d'un homme habitué à se faire payer son dévoûment, et qui ne fait rien pour rien.

— Ah! monsieur, fit madame de Nanteuil avec un mouvement d'incomparable dignité.

— Cet homme est votre amant, poursuivit le baron, nierez-vous vos promenades en mer avec lui, à l'heure où je m'enferme au club pour jouer? nierez-vous l'envoi, le don de ce bracelet? C'est à un ami sûr, au docteur Bernard, que je dois la révélation de votre intrigue. Cette belle passion, madame, a fait assez de bruit dans cette ville pour que je n'en puisse subir les conséquences. Une première fois déjà j'ai courbé le front sous la honte; mais une seconde, c'est trop. Vous m'avez d'abord trompé sur votre fortune, et maintenant je ne puis même plus défendre votre honneur de nouvelles inculpations... Que suis-je ici, madame, si-non la risée, le point de mire des oisifs? Il est temps que je me dégage. L'exemple de votre premier mari, le commodore Southwel, m'apprend mon devoir. Un seul parti me reste, un seul qui vous rendra libre ainsi que moi... le divorce!

— Le divorce! murmura lady Southwel, devenue plus pâle qu'un marbre.

— Pas d'objections, de larmes, j'ai tout prévu. J'aurais dû voir plus tôt, je vois enfin! Dans une heure au plus, je vous aurai débarrassée de ma présence. Adieu, madame; dès ce jour, il n'y a plus rien de commun entre lady Southwel et le baron de Nanteuil!

Rodolphe avait posé la main sur la clé de son cabinet. Un cri aigu de lady Southwel le retint. Éperdue, glacée, elle venait de se traîner à deux genoux jusqu'à cette porte. Par un mouvement de pitié dont il ne put se défendre, Rodolphe la releva et l'assit sur son divan. Les forces de la baronne étaient épuisées, ses yeux s'étaient fermés, mais à l'écume légère qui couvrait ses lèvres, ainsi qu'aux battemens précipités de son sein, Rodolphe put voir de quel fer aigu il venait de percer ce cœur, de quelle mort il aurait peut-être à répondre bientôt. Insensiblement ébranlé, il voulut fuir, mais une puissance inconnue le clouait au sol de cette chambre. Il y a de ces silences glacés qui foudroient plus sûrement que es reproches.

Dans cet instant de crise, trois heures du matin sonnèrent à la pendule du salon; Rodolphe entendit un piaffement de chevaux du côté du quai. Une seconde après, deux coups légers retentirent à la porte du cabinet de toilette dont le baron serrait convulsivement la clé dans sa main...

Madame de Nanteuil rouvrit les yeux, un rayon d'espoir illumina sa pâle figure.

— Serait-ce lui? murmura-t-elle d'une voix faible, viendrait-il, lui, à cette heure?

— Etes-vous prêt, baron? dit une voix à travers la porte du cabinet de Rodolphe.

Madame de Nanteuil tressaillit, ce n'était pas l'accent de Langlois.

Rodolphe se hâta d'éteindre les bougies de l'appartement, il craignait peut-être de lire une dernière fois sa honte dans le pâle visage de sa victime.

Il poussa vivement la porte du cabinet, et s'adressant d'une voix étouf-fée au docteur Bernard:

— Tout est fini, dit-il, je vous suis, pardon!

Le docteur le conduisit à une chaise de poste dont les stores étaient fermés. Tous deux se serrèrent une dernière fois la main, puis la voiture s'éloigna à tour de roues sur la chaussée de Brighton qui mène à Londres.

Quand madame de Nanteuil revint à elle et que de sa main tremblante elle eut rallumé l'une des bougies de l'appartement, un homme était devant elle. La baronne poussa un cri étouffé...

VI.

Dans ce personnage, la baronne de Nanteuil venait de reconnaître l'ancien médecin des bains de Dieppe.

Le docteur avait ôté ses besicles bleues, il montrait à la baronne un visage cruellement impassible... En vérité, ce n'était plus là le médecin Bernard; on eût dit qu'avec ses lunettes, dont l'ample taffetas voilait, nous l'avons dit, une partie de sa figure, le docteur venait de quitter un masque.

Madame de Nanteuil, à peine remise elle-même des émotions horribles de la scène précédente, le considérait avidement.

Représentez-vous un homme d'une quarantaine d'années environ, en proie à l'une de ces consomptions lentes qui accusent un plan d'intérêt ou de vengeance. Comme un vase où le poison aurait dormi, la figure du docteur, frappée d'une pâleur invincible, ne dénotait que trop les ravages d'une passion long-temps comprimée. L'image de l'ange déchu eût été trop noble pour cet homme; c'était l'aspect froid de Satan en personne, une tristesse morne et railleuse. Quelques maigres cheveux gris pointaient çà et là disséminés sur ses tempes; son regard était clair, inévitable, profond. Il faut croire que c'était sans doute pour lui le moment du triomphe, car un sourire étrange plissait un coin de ses lèvres, et dans sa contenance éclatait une joie fatale et sombre... Ce visage ainsi dépouillé de tout artifice, madame de Nanteuil le connaissait sans doute, car elle se cacha le front de ses deux mains.

— Fantôme ou réalité, reprit-elle bientôt, il faut que vous soyez bien hardi, monsieur, pour vous introduire à cette heure dans la chambre d'une femme. Votre nom, répondez! J'ai le droit, je pense, de vous demander votre nom!

Et madame de Nanteuil, en interrogeant cette vision, semblait reconstruire elle-même, à l'aide de ses souvenirs, une image dont elle avait peur elle-même. Bernard subissait cet examen avec calme; il se fiait sans doute à sa puissance et à l'ascendant de son regard.

— Misérable! s'écria enfin madame de Nanteuil, comme si elle se fût arrachée à la contemplation de cette figure par un effort surhumain.

Le docteur ne répondit pas, un sourire moqueur effleura seulement ses lèvres. Il avait compris qu'il venait d'être reconnu.

— Denys! murmura-t-elle, Denys! c'est bien Denys, n'est-ce pas?

Elle ressentait alors une joie presque stupide à clouer ce nom sur le front de l'homme qui l'écoutait.

— Oui, Denys, Denys, répondit-il d'une voix sourde. J'aime à voir, baronne, que vous avez de la mémoire. Vous n'êtes point oublieuse, madame de Nanteuil, c'est bien.

— Que voulez-vous de moi? Parlez, ne m'avez-vous donc point fait assez de mal? Voulez-vous me faire mourir? Ah! vous manquiez seul à cette journée cruelle!

— Je viens vous sauver, Madame, vous proposer le seul parti qui vous reste à choisir. J'étais le confident du baron; ses projets, sa fuite.

son abandon... je sais tout. Encore une fois, ce n'est que de moi que viendra votre salut...

— Mon salut! reprit-elle, puis-je donc oublier que c'est à vous que je dois la honte? à vous que je n'ai vu qu'une seule fois, mais dont tous les traits restent gravés dans ma mémoire comme ceux de l'ange du mal! Ah! fuyez! fuyez! il y a ici un honnête homme qui veille à côté de moi, et dont je ne suis séparée que par cette porte. Au seul tintement de cette sonnette, il ne peut manquer d'accourir, de vous chasser comme un laquais insolent! Cet homme est sir Robert, mon parent et mon appui!...

— Je ne le crains pas, reprit froidement le docteur Denys Bernard; il ne viendra pas, il ne peut venir. Il n'y a qu'un instant, il s'est constitué prisonnier pour le baron. Vous êtes seule, madame, seule, bien seule... comme à cette nuit...

— Oh! ne la rappelez pas, infâme, cette nuit dont je porte le deuil et la honte, et qui pourtant m'a vue pure! J'invoque vos souvenirs; quelque pervers que vous soyez, parlez; monsieur, parlez: qui de vous ou de moi fut criminel?

— Moi seul, en vérité, lady Southwel; moi seul, qui avais à cœur de me venger d'un affront sanglant. Ce n'est pas votre faute à vous si le commodore, la veille même de votre mariage, m'avait insulté, flétri devant tous d'un nom outrageux.

— Et que vous a donc fait le commodore?

— Une misère... Vous savez qu'il était brusque. A Londres, reprit le docteur négligemment, au bal de l'Amirauté, où je jouais, sir Southwel m'avait lancé ses cartes au visage... en m'appelant chevalier d'industrie! Comme il est décent de tenir compte de tout, je m'en suis souvenu en temps et lieu... Profitant de la mission forcée du commodore, le surlendemain de son mariage, je tins le serment de vengeance que je m'étais fait, et, le soir même de son absence, je m'introduisis dans son hôtel. Sir Southwel n'avait pas craint de me blesser dans mon honneur, je me jurai à moi-même de m'en venger dans ce qu'il avait de plus cher...

— Une vengeance de lâche... je comprends... interrompit madame de Nanteuil. Son regard ne quittait plus l'homme qui parlait, et elle l'écoutait avec le frisson que donne la fièvre...

Le docteur reprit:

— Les injures me touchent peu. Provoquer le commodore m'eût été facile, d'autant que je tire assez convenablement le pistolet, mais le hasard pouvait me trahir; son brusque départ mettait d'ailleurs sir Southwel à l'abri. C'était en mai, la saison de Londres, vous le savez. Héritier d'un mince patrimoine, j'avais quitté Paris après la mort de mon père; à peine arrivé à Londres, je ne tardai pas à en connaître tous les enfers. J'habitais une mauvaise chambre à Fenchar-Street, mais quelques maisons me séparaient à peine de votre hôtel: ce voisinage m'avait rendu témoin de votre hymen. Ruiné bientôt par le jeu, je me souvins de ceux qui prétendent le corriger, je les imitai, mon bonheur fut impuni. Il fallait cette insulte du commodore pour m'arracher le masque et me perdre aux yeux de tous; vous fûtes la vengeance, la victime que je choisis; mais quand le hasard lui-même semblait me favoriser, quand j'avais franchi, la nuit, à l'aide d'un valet gagné, le seuil de votre maison et mis le pied dans votre propre chambre, alors, je l'avoue, en vous voyant si noble et si hautaine, je fus vaincu, et votre beauté vous sauva.

— Dites mon dédain, monsieur ; ne vous souvient-il plus de mes cris, de mes menaces dans cette terrible nuit? « Rassurez-vous, lady Southwel, reprîtes-vous alors avec un sourire infernal, rassurez-vous ; tout ce que je demande, c'est que vos gens me voient descendre au petit jour de ce balcon. » Je les appelai en vain, je criai, vous leur aviez donné le mot d'ordre. « Je suis Denys, leur dites-vous, en vous éloignant bientôt, ne manquez pas d'apprendre ma visite au commodore Southwel ! » Quand on me les rapporta, ces paroles, je ne pus les entendre, moi ; je m'étais évanouie !...

— J'en conviens, madame, ce fut là mon unique visite chez lady Southwel ; maintenant vous en savez le motif. Oui, j'avais à cœur de me venger, de rendre au commodore injure pour injure. Mon tort le plus grand, je ne cherche point à le nier, fut de vous faire partager le poids de ces représailles. Il est vrai que mon cœur formait déjà le projet de réparer tant de mal ; oui, je me disais qu'un jour l'homme qui avait été assez malheureux pour vous perdre vous réhabiliterait peut-être.

— Me réhabiliter ! vous?

— Pourquoi non? Il y a toujours un moment où l'on peut réparer ses fautes ; Dieu nous le fait connaître, cet instant, continua le docteur d'un air de componction hypocrite ; il est venu pour moi, je le sens. Ce nom de Denys, ce nom sous lequel on me connaissait à Londres, n'était qu'un nom d'emprunt, un manteau qui pouvait couvrir mes dettes ; je le quittai du jour où le commodore l'avait noté d'infamie. Je m'embarquai pour la France le lendemain même de ma visite nocturne chez vous. Revenu à Paris, j'y repris mon vrai nom, celui de Bernard. A Londres, j'avais quitté l'étude de la médecine ; à Paris, je songeai à la reprendre. La protection d'un ministre m'encouragea bientôt dans un travail ardu, important : il s'agissait d'un assainissement regardé jusque-là comme impossible. A la passion frénétique du jeu avait succédé pour moi celle du travail ; j'avais oublié Londres, le commodore et vous-même ! Tout d'un coup, les journaux retentirent du bruit de votre divorce. Un espoir étrange s'empara de moi ; vous étiez maîtresse de votre main. Mais sur quelle terre vous retrouver? vous n'étiez plus à Londres, des amis me l'avaient écrit. Ce fut alors qu'on me proposa l'inspection des bains de Dieppe.

Sur cette plage si voisine de l'Angleterre, j'avais le pressentiment de vous retrouver un jour ; quand je vous y revis, vous m'apparûtes comme un remords. Belle, admirée, fêtée, vous promeniez avec vous une mélancolie si cruelle, qu'il demeura évident pour moi que lady Southwel ne se ressouvenait que trop de mon injure. Ma place seule me faisait un devoir de ne pas me découvrir à vos yeux : votre vengeance m'eût marqué au front ; à défaut même de la sévérité des lois, elle eût appelé sur moi le blâme du monde. L'essaim d'adorateurs qui vous entourait m'alarmait peu : leur futilité, l'ignorance où ils étaient de votre existence passée me rassuraient. Ce fut le baron Rodolphe de Nanteuil qui, le premier, me présenta chez vous ; mon silence, et plus encore mon changement de physionomie, vous donnèrent le change. Un hasard fatal conduisit le commodore à Dieppe... Vous savez le reste, continua le docteur en baissant la voix ; vous savez qu'il a péri, et avec lui cette donation importante qui vous reconstituait un rang, une fortune... Coupable ou non, le baigneur Langlois a été renfermé au Château-Fort de Dieppe à la suite de ce meurtre?

— Oui, je sais tout cela, murmura madame de Nanteuil, mais je prends à témoin le ciel que cet homme était innocent. Un cœur ardent, dévoué! Et c'est de cet homme, monsieur, que vous avez osé faire aux yeux du baron un prétexte d'abandon à mon égard! C'est cet homme que vous m'avez donné pour amant! Ah! je vous croyais bien fourbe, bien cruel, mais me tuer deux fois dans l'opinion, c'est être doublement lâche!

Le docteur garda un moment le silence; on n'entendait alors que le tintement régulier de la pendule et le frémissement léger des stores qui abritaient les caisses d'orangers sur la fenêtre. Madame de Nanteuil se pencha un instant vers le quai et réprima un léger cri. Elle venait d'apercevoir un homme couché sur le sable à quelques pas de la fenêtre; l'obscurité de la nuit ne permettait guère de distinguer que les boutons de sa veste de marin.

— Quelque pilote ou quelque pêcheur de la côte... dit négligemment Bernard en s'approchant de la baronne. Le froid pourrait vous nuire, continua le médecin en refermant la fenêtre.

— Est-ce là, monsieur, tout ce que vous aviez à me dire? reprit madame de Nanteuil. Vous vous avouez vous-même complice de deux crimes, de deux divorces; que vous reste-t-il à faire? ajouta-t-elle en se croisant les bras et en jetant sur le docteur un regard hautain.

— Je viens vous sauver, je vous l'ai dit. Après l'abandon et la fuite de votre mari, que va-t-il vous rester, madame? réfléchissez-y, la misère! Vous êtes ruinée, ruinée, entendez-vous!

— Et que m'importe, monsieur, reprit-elle en proie à tout le délire de cette crise; que m'importe? dois-je exister seulement encore pour le monde?

— Vous ne devez point y traîner une vie cruelle, madame; vous n'êtes point faite pour y connaître le besoin, vous qui y avez connu le luxe. Les dettes du baron sont énormes : un seul homme, par amour pour vous, par aversion pour lui, s'est fait son créancier unique, impitoyable, et cet homme c'est moi!

— Vous! J'aurais dû le deviner!

— Oui, moi qui depuis long-temps regardait son bonheur et sa vie d'un œil jaloux; moi qui, l'épouvantant de sa ruine sûre, imminente, viens de le marier à une autre...

— A une autre! Et le baron Rodolphe a consenti?

— Il sera demain à Londres, dans l'hôtel de lady Aminthe Warwick... sa femme...

— Sa femme!

— Oui, sa femme... dans deux mois; car lady Warwick, aidée de ses nombreuses protections, n'aura pas de peine à obtenir le divorce... Et vous, vous qui ne lui êtes plus rien, vous coupable aux yeux de tous, vous délaissée deux fois, que ferez-vous, madame? Vous que sir Robert, qui s'est fait la caution de Rodolphe, méprisera le premier, dès qu'il apprendra ce qui s'est passé!

— Ah! vous êtes le démon!

— Je suis votre sauveur, vous dis-je. La misère se dresse comme un spectre devant vous : moi, je vous apporte de l'or. Lady Southwel, vous pouvez encore lever le front, vous êtes riche...

— Riche?

— A une condition seulement.

— Laquelle ?

— Celle de m'épouser, madame... Cette donation de sir Southwel...

— Cette... donation?... balbutia madame de Nanteuil en se levant, immobile de crainte et de pâleur. Mais d'où la tenez-vous donc, cette... donation ?

— De sir Southwel lui-même; il m'en avait fait dépositaire avant sa mort.

— Avant le meurtre! Vous mentez!

— Je dis ce qui est. Elle m'appartient. Choisissez : la misère sans moi, lady Southwel, la misère; ou avec moi l'abondance, le luxe!

— Oh! la honte, la honte! dites plutôt cela. Ne m'approchez pas, vous avez du sang aux mains!

— Cet acte est en règle, reprit Bernard avec un implacable sang-froid, et Londres est près de Brighton. Je me charge à mes risques et périls...

— Ne me reparlez plus, ne m'insultez plus. Fuyez! Ah! malheureuse, malheureuse que je suis!

— Malheureuse? Oui, si vous me refusez, c'est vrai. Dès demain, des gens de justice entoureront cet hôtel; la baguette d'un constable frappera ces blanches épaules... Si vous voulez m'en croire, suivez-moi; je vous cacherai dans ma maison, à German-Spa, comme l'une de mes malades. Là, du moins, vous serez en sûreté.

— Vous suivre! Rester avec vous! avec un meurtrier! Jamais! Grâce au ciel, je puis parler, je puis dire aux juges...

— Prenez-y garde, lady Southwel, reprit cauteleusement le docteur; si vous osiez m'accuser, je ne resterais pas avec vous en arrière de procédés. Ma vie me regarde, mais la vôtre m'appartient à dater de cette heure, croyez-le. La nuit porte conseil, et je vous engage à méditer mes paroles. Sans notre union commune, nous ne pourrions profiter tous deux des fruits de cette donation; vous voyez que nous sommes rivés à la même chaîne. Adieu : votre intérêt me répond de votre discrétion jusqu'à l'heure où je reviendrai. Je veux bien mettre à profit le peu de momens qui me restent pour dégager sir Robert et vous mettre à l'abri de l'invasion des gens de justice. Mais une réponse, une réponse... j'attends!

— La voici! s'écria-t-elle en se précipitant vers la fenêtre dans l'égarement de son désespoir; plutôt que d'être à vous... à un assassin!...

Effrayé de la violence d'un pareil transport, le docteur, repoussant d'une main la baronne, s'appuya de l'autre au rebord de la fenêtre. L'ombre paraissait s'être encore épaissie et une pluie fine fouettait les maisons du quai.

— Vous m'avez entendu, madame, reprit impérieusement Bernard : madame de Nanteuil, vous avez encore trois heures!

Il traversa lentement un long corridor qui communiquait aux chambres alors désertes du baron et de sir Robert. Le docteur avait remis ses besicles et ramené sur son visage les plis d'un large manteau.

Dévorée par l'angoisse, brisée par la fatigue et l'agonie, madame de Nanteuil, le front appuyé contre le marbre de la cheminée, conservait à peine la perception des objets, quand un coup de feu retentit à deux pas sous sa fenêtre.

En même temps, un homme, se cramponnant comme un chat sauvage aux aspérités de la muraille, sauta rapidement dans la chambre de la baronne...

VII.

— Langlois ! s'écria-t-elle avec l'expression de la joie et du bonheur. Dans ce cri, il y avait un remerciement tacite à Dieu.

— Oui, Langlois, répondit le baigneur en se jetant aux pieds de madame de Nanteuil vers laquelle il éleva un regard suppliant et doux.

Ses vêtemens étaient remplis de poussière, sa figure pâle, émue.

— Seriez-vous blessé ? reprit vivement madame de Nanteuil en songeant au coup de feu qu'elle venait d'entendre. Parlez, oh ! parlez, dit-elle en posant elle-même ses mains tremblantes sur le drap rude du baigneur.

— Rassurez-vous, madame, je ne suis point blessé, j'aurais dû l'être, voilà tout. Mon adversaire, que je connais pas, l'homme qui sortait rapidement de votre hôtel, après le cri déchirant que vous veniez de pousser à cette fenêtre, a profité du moment où, le croyant un voleur, j'écartais violemment son manteau, pour diriger son arme sur moi, mais cette arme, ma main l'a écartée. Alors, il a fait deux pas en arrière, et m'ajustant de nouveau, il a lâché la détente de son pistolet. Dieu a permis que le coup ne m'atteignît pas. Qui est ce misérable ! Je l'ignore, mais je le saurai.

— Ce misérable, c'est le docteur Bernard ! Oh ! oui, un misérable... reprit-elle avec l'exaltation du désespoir.

— Et il voulait vous assassiner ? où donc est votre mari ?

A cette question, madame de Nanteuil releva fièrement la tête.

— Mon mari ! répondit-elle, mon mari ! il vient de partir, Langlois, en prétendant que vous étiez mon amant !

— Moi ! madame ? hélas ! je ne suis que votre serviteur et votre esclave...

— Mon ami !... interrompit-elle en lui donnant sa main à baiser.

— Je ne puis comprendre encore, poursuivit tristement Langlois, pourquoi M. de Nanteuil est parti ; je comprends encore moins ce qui amenait chez vous le docteur Bernard.

— Parce que votre âme noble et grande ne peut comprendre l'infamie, Langlois ; parce que vous êtes dévoué, vous ignorez les passions infâmes, les crimes odieux et sombres. Le docteur Bernard ne venait pas pour m'assassiner, Langlois, il l'a déjà fait deux fois, et sûrement par la calomnie, c'est son arme : il venait pour me contraindre à l'épouser dans un mois...

— L'épouser ! lui ! Oh ! mais cela est impossible, cela est un rêve ! reprit Langlois en regardant fixement madame de Nanteuil. Vous ne pouvez, madame, épouser cet homme. Et quant à son audace, c'est moi, moi seul qui le châtierai. J'aurai l'œil ouvert et la main prompte.

— Mais vous ignorez, Langlois, que vous me compromettrez encore davantage, vous ignorez que c'est à ce lâche que je dois tous mes malheurs ! Tout à l'heure encore, n'est-ce pas lui qui vient de faire de la femme du baron de Nanteuil une femme accusée, délaissée par son mari ? N'est-ce pas lui qui a fait croire à cette fable ridicule d'une intrigue avec vous, vous que je chéris pourtant, se hâta de reprendre la baronne, comme un ami, comme un frère...

— Et le baron a pu croire?...

— Il lui fallait un prétexte pour colorer sa fuite, il a pris le vôtre; celui de ses dettes suffisait. Mais les hommes ne sont jamais lâches à demi.

— Ainsi, vous voilà seule, seule et libre... reprit Langlois avec un tressaillement d'espérance. Oh! soyez béni, mon Dieu, continua-t-il, soyez béni de m'avoir fait arriver à temps!

— Que voulez-vous dire? demanda madame de Nanteuil en affectant une dignité qui était loin de son cœur.

— Que puisque vous voilà pauvre, délaissée, je reste... que puisque ce misérable docteur vous menace, je ne pars plus.

— Vous vouliez partir?

— Pourquoi serais-je resté? Quand on aime et qu'on souffre, il faut changer d'air, un marin n'a-t-il pas le monde à lui? En vous voyant chaque jour au bras du baron de Nanteuil, je me disais : « Elle l'aime, elle est heureuse? » Un soir cependant, que je vous conduisais dans mon boat, je vous ai vue pleurer, et je me suis dit : « Me serais-je trompé? » Vous me regardiez comme pour me dire : « Langlois, vous êtes heureux, vous! vous avez la mer, les plantes, les fleurs de la côte, une vie active, vous ramez et vous chantez le soir quand brille l'étoile; moi, je manque d'air et de liberté, mon ami.» Eh bien! cet air, cette liberté, l'abandon de votre mari vous le rend, et quant à la misère, j'ai des bras; oh! vous n'aurez pas besoin de vous inquiéter, je suis là! Fuyons dès demain, la mer est libre pour tous; fuyons, nous irons où vous voudrez!

— Et le puis-je avec vous, Langlois? ce serait donner gain de cause aux soupçons, à ce déshonneur qui ne pourrait manquer de m'atteindre! Le docteur lui-même doit-il donc triompher par ma fuite, à présent que nous pouvons tous deux le terrasser d'un mot, à présent que je sais qu'il est le meurtrier du commodore!

— Vous le savez! vous aussi! interrompit Langlois avec un accent de surprise et de joie.

— Lui-même n'a pas pris la peine de me le cacher, il a la donation de sir Southwel, et il m'ose demander de partager avec moi les biens que cet acte important m'assure!

— C'était donc lui! je ne m'étais pas trompé! Oh! ma vengeance! ma vengeance! Dès demain, madame, dès demain cet homme vous aura rendu cet acte. J'engage ma parole que dès demain je l'aurai.

— Qu'allez-vous faire?

— Nous venger tous deux; ne sommes-nous pas tous deux les martyrs résignés de cet homme? Ah! ce Dieu est juste, ce Dieu qui le fait enfin tomber à son tour entre nos mains!

— Tout à l'heure, quand vous l'avez vu fuir, il portait sur lui ce papier, ce papier dont il veut se faire une arme contre ma misère... Mais cela ne sera pas; oh! cela ne doit pas être. Vous avez raison, Langlois, de vous en rapporter à ce Dieu, qui, dans sa tardive justice, atteint le méchant qui le raille; lui-même en ce moment vient à notre secours, ami. Oui, continua-t-elle en jetant sur le baigneur un regard plein d'une indicible tendresse, oui, ma ruine, mon malheur, je le bénis, Langlois, puisqu'il me laisse libre, libre de t'épouser... Le veux-tu?

Un rayon de joie inespéré se fit jour sur le front hâlé du baigneur; la respiration lui manqua, il se crut la dupe de quelque fascination soudaine. Il regarda tour à tour madame de Nanteuil et ses humbles vêtemens; des larmes d'amour lui vinrent aux yeux, en retrouvant le regard humide et triste de cette noble créature, ployée sous la souffrance comme une jeune et belle fleur. Dans ce parti subit, violent, madame de Nanteuil semblait avoir versé toute son âme. Elle n'appartenait plus à ce monde qui en avait fait si long-temps son admiration et son jouet à la fois, elle semblait renaître sous le souffle même de Dieu.

— Qu'avez-vous dit, madame? demanda-t-il avec un serrement de cœur qui donnait à ses paroles un accent plein de mystère et de sympathie; oh! dites que vous ne vous jouez point de celui qui vous entend, dites que vous croyez à mon amour!

— Comme je crois à Dieu, reprit-elle, absorbée dans la contemplation de ce noble et pur visage.

Jamais, en effet, Langlois n'avait peut-être été plus beau : il y a des instans où le dévoûment le plus sauvage possède une grâce exquise et touchante. Il s'était jeté aux genoux de madame de Nanteuil dans un respectueux recueillement; on eût dit qu'il adorait une sainte.

— Langlois, lui dit-elle, en posant la main sur son épaule, je vous crois le cœur le plus loyal et le plus généreux qui soit sur terre; vous voyez aussi devant vous la femme la plus malheureuse au monde. Deux unions fatales ont fait de moi un objet de dérision et de pitié; voulez-vous de moi? Je ne trahirai pas un serment que Dieu reçoit.

— Vous, ma femme? ma femme! répondit-il avec un accent de bonheur et de joie; vous seriez la femme d'un pauvre marin, vous, une Anglaise, une grande dame! Mon Dieu! mon Dieu! je crois que je deviens fou!

— Je serai la femme de mon libérateur, reprit-elle en lui faisant signe de se relever. Cet acte que possède le docteur, vous m'avez promis de me le rendre; allez donc, et déposez hardiment votre plainte et la mienne devant justice. Cet acte m'appartient, et cette fortune, je la partagerai du moins avec un homme de cœur, avec vous!

— Oh! soyez sans crainte, reprit-il, moi aussi je tiens ma parole. Le pauvre baigneur vous doit tant! Sans vous, sans votre image, que serait-il devenu pendant tout ce temps de captivité et de torture? Que de fois, pendant que je me roulais sur la paille humide d'un cachot, votre voix a retenti pour moi dans les brisemens aimés de la vague! Quand un rayon de soleil venait me réchauffer dans ma prison, je me disais : « C'est elle, c'est mon bon ange qui me l'envoie! Je souffre pour elle, mais elle pense à moi, elle me plaint : Dieu fasse qu'un jour elle m'aime! » Puis, lorsque, à côté de cette image si douce, je retrouvais celle d'un ennemi inconnu, alors, jugez de ma rage! cet ennemi, je le connais enfin, je le soupçonnais déjà; mais il a eu soin de changer lui-même mes doutes en certitude. Ce qui me reste à faire est mon secret; demain, oui, demain, je vous reviendrai digne de vous! de ma femme, reprit-il en baisant pieusement la main de madame de Nanteuil.

— A demain, dit-elle; et songez que chaque heure est une heure d'angoisse pour moi!

Le baigneur venait à peine de sortir, laissant la baronne partagée entre mille sentimens divers, lorsque sir Robert frappa doucement à la porte de sa chambre. Elle courut lui ouvrir, et, pour toute réponse à ses questions, elle se jeta dans ses bras en fondant en larmes.

— Ne m'interrogez pas, dit-elle, demain, oui, demain, vous saurez tout! Ce que je vous demande, c'est de veiller, le reste de cette nuit, à la porte de ma chambre. Le baron ne reviendre pas, il est sorti.

. . . .

VIII.

Le lendemain, vers l'heure de midi, les persiennes de madame de Nanteuil demeuraient encore fermées; le temps était superbe, quoique la saison fût avancée, et qu'un grand nombre de baigneurs se rendaient aux tentes. Les landaus, les phaétons, les calèches et surtout les *flys* bordaient le quai. De l'une de ces petites voitures, construites terre à terre, et qui n'ont d'autre mérite que leur extrême légèreté, un personnage en habit noir sortit avec précaution; il regarda quelque temps autour de lui d'un air de méfiance. Faisant signe au cocher, il lui commanda de stationner à l'angle de la promenade. Quand il fut vis-à-vis la porte de madame de Nanteuil, et qu'il s'apprêta à en lever le marteau, il ne parut pas peu contrarié de voir venir à lui un homme qui observait depuis quelques secondes tous ses mouvemens, masqué par une vieille chaise à porteurs.

— Salut au docteur Bernard, dit Langlois d'un air humblement empressé; lui plairait-il de faire aujourd'hui une promenade en *boat*, le mien est charmant et je suis bon rameur, il doit le savoir. Plus d'une fois j'ai longé la côte avec lui dans la compagnie de ses cliens.

— Une affaire pressée m'appelle ici, répondit brusquement Bernard, plus tard, un autre jour...

Et il allait frapper de nouveau à la porte quand Langlois posa le doigt sur sa bouche avec mystère :

— C'est de la part de madame de Nanteuil, docteur. Elle dort, n'allez pas la réveiller. Sir Robert est auprès d'elle.

— Que m'importe? Elle me recevra, moi!

— Impossible, vous dis-je; elle ne se lèvera que dans une heure. Elle m'a fait appeler ce matin et m'a prié de m'entendre avec vous...

— Pour quelle affaire?

— Vous ne devinez pas? Pour l'affaire de cette nuit... Oui, j'ai à vous parler. Un secret qui ne peut avoir d'autre confident que le ciel et l'eau. Vous avez été attaqué, je le sais, et je puis vous mettre en garde contre votre ennemi inconnu. La journée est belle, nous causerons en pleine mer plus à l'aise.

— Soit, dit le docteur.

Et il suivit Langlois, en songeant que cet homme, ce familier de madame de Nanteuil, savait sans doute une partie de ses secrets. Le peu d'intelligence qu'il supposait au baigneur le confirma dans l'idée qu'il pourrait lui être utile.

— Dans une heure, m'a-t-il dit, elle sera éveillée. Une heure! la promenade sera courte.

Il s'était laissé guider par Langlois vers cette partie élégante du port qui renferme à Brighton une foule élégante de petits boats à voiles, embarcations charmantes dirigées par de vieux et jeunes pilotes, dont le métier est de promener les habitans et les visiteurs. Ces bords, qui, depuis Kimpton jusqu'à Brunswick-Square, déploient une broderie féerique de constructions sur une longueur de trois milles, irisés en ce moment de tous les feux du soleil, étaient battus d'un flot si doux et si calme, que le docteur, en le comparant au trouble intérieur qui l'agitait, laissa échapper un morne sourire. Langlois avait pris place sur le devant du boat, le docteur le vit bourrer sa pipe avec tranquillité. La physionomie du baigneur n'exprimait aucune émotion, il suivait tour à tour de l'œil ces mornes pierreux que couronne un maigre reste de verdure, l'esplanade de la jetée et la ligne somptueuse des hôtels dont la voile gonflée par un vent joyeux l'éloignait.

— Tu peux parler maintenant, dit le docteur, personne ne peut nous entendre.

— Pas encore, répondit Langlois, et tant que je serai en vue du Pavillon. Il n'y a rien de tel que la pleine mer pour bien causer.

— Es-tu ivre ? demanda, non sans crainte, le docteur à son pilote.

— Ivre ? Il n'y a pas de danger qu'on m'y reprenne. J'ai bu quelques coups de vin pour la dernière fois à Dieppe, il y a dix-huit mois. Vous savez docteur, ce que cela m'a valu. Depuis ce temps, j'ai fait le serment de ne plus boire. Par exemple, j'aime à faire boire les autres. Oui, cela me distrait, dit-il en regardant le docteur d'un air qui déconcerta Bernard. Celui-ci porta instinctivement la main à un portefeuille qu'il tenait caché sous son habit.

Le bateau avait gagné rapidement la haute mer, le vent l'emportait, et le docteur se voyait avec inquiétude sur une embarcation aussi frêle. Sans doute qu'en ce moment aussi Bernard était en proie à des souvenirs qui l'accusaient, car il prenait à tâche d'éviter le regard de Langlois. Ce dernier arrêta les rames tout d'un coup, et s'adressant au docteur :

— Voilà qui est bien, nous pouvons causer ici sûrement.

— Cela est heureux, reprit Bernard en affectant de railler Langlois ; ta seigneurie veut-elle enfin me donner audience ?

— La vôtre ne sera pas longue, répondit le baigneur d'une voix sourde. Docteur Bernard, préparez-vous à mourir !

— A mourir ! s'écria Bernard avec angoisse, et de quoi donc as-tu à te plaindre ?

— De votre imprudence, docteur, reprit Langlois en gouaillant. Quand on veut faire passer les gens pour coupables, on a soin de mieux prendre ses mesures, mon cher ; on calcule mieux toutes ses démarches. Le soir de l'assassinat du commodore, qui avait les clés des tentes ? qui pouvait pénétrer dans les cabines ? Deux hommes seulement : vous et moi. Or, puisque ce n'est pas moi qui me suis mis à la mer, c'est donc vous ; puisque ce n'est pas moi qui ai baigné le commodore, c'est donc vous, docteur, qui l'avez tué.

— Tu mens ! interrompit le docteur, tu mens ! As-tu d'autres preuves ?

— Je pourrais vous dire encore que le lendemain du crime et le soir même de mon arrestation, vous avez quitté ma ville, que vous avez suivi la baronne, ainsi que moi. Mais je ne veux qu'un fait, docteur, mon ami, c'est que l'acte que le commodore portait sur lui et qu'il avait laissé avec ses vêtemens dans la cabine, vous l'avez sur vous et que vous allez me le donner, continua froidement Langlois.

— De quel acte veux-tu parler? murmura le docteur, qui devint plus pâle que la voile de la nacelle.

— D'une donation écrite et signée, donation que j'attends de votre extrême courtoisie...

— Viens donc la prendre! s'écria Bernard en sortant de sa poche un couteau effilé qu'il arracha rapidement de sa gaîne. Aussi bien, il y a un de nous deux de trop sur terre maintenant!

En dépit de ce fer, qu'il brandissait avec rage, Langlois se précipita sur le docteur ; son poignet robuste étreignit la main de Bernard et tint son arme en suspens. Fouillant ensuite les poches de l'habit, il rencontra bientôt le portefeuille... Au moment où il venait de le saisir, il se sentit frappé à la poitrine par la lame aiguë de Bernard.

La violence d'un tel coup eût fait évanouir tout autre que Langlois. Exaspéré, furieux, il rassembla ses forces, et, se ruant de nouveau sur le docteur :

— On m'a accusé d'avoir noyé un homme, ce sera vrai cette fois! A ton tour, docteur du diable!

Et le saisissant avec une vigueur herculéenne par le milieu du corps, après lui avoir arraché son arme, Langlois le lança à la mer...

Quand le bateau du baigneur arriva, le temps avait changé, et les promeneurs de Brighton, dispersés par une pluie subite, venaient de rentrer dans les hôtels. Une seule voiture demeurait obstinément à l'angle du quai, c'était le *fly* du docteur, que son cocher attendait. Épuisé, haletant, Langlois trouva la force de se traîner jusqu'à la porte de madame de Nanteuil ; il franchit rapidement les quelques marches qui conduisaient à sa chambre. Les volets en étaient fermés, un demi-jour pâle éclairait à peine l'appartement.

— Sauvée, s'écria-t-il, sauvée! en tombant aux genoux de la baronne. Prenez, prenez ce portefeuille, c'est le sien.

Il entr'ouvrit sa veste, tachetée d'un sang déjà noirâtre. A la vue de ce sang et de cet homme, madame de Nanteuil, que soutenait sir Robert, poussa d'abord un cri aigu auquel succéda un éclat de rire prolongé... La malheureuse femme était devenue folle!

— Mort par lui, mort pour vous! murmura le baigneur en embrassant une dernière fois ses pieds.

Elle vit la chute de ce cadavre sur le sol, sans pousser le moindre cri. Les sanglots étouffaient encore la voix de sir Robert, qu'un rire stupide, affreux, errait encore sur ses lèvres.

Des watchmen et des gens de justice, accourus en toute hâte, guidés par les traces de sang du baigneur, avaient pénétré dans l'hôtel ; ils allaient relever ce corps quand les bateliers amenèrent sur le quai un homme trempé de l'eau de la mer. Le cocher qui gardait le *fly* le reconnut, c'était son maître, le docteur Bernard, directeur de la maison hygiénique des fous, près Brighton. Le constable le fit placer dans sa voiture, il lui fit respirer des sels ; le docteur prétendit qu'il avait usé du droit de légitime défense. Malgré les supplications de sir Robert, le magistrat anglais enjoignit de transporter madame de Nanteuil à côte du docteur et dans sa voiture pour être conduite au German-Spa.

— Cette jeune dame est folle, dit-il, les soins du docteur et le régime excellent de sa maison la remettront.

. . . .

A l'heure qu'il est, la baronne est encore folle... Elle a épousé le docteur, dont la clientèle est exclusivement composée de riches malades. Madame de Nanteuil a échangé ce nom contre celui de Bernard ; elle est belle, mais un peu pâle. Sa folie innocente consiste à descendre sur la terrasse du German-Spa, et à ne jamais reconnaître le lendemain les gens qu'elle a vus la veille. Elle chante souvent des fragmens très décousus des ballades de Thomas Moore.

Un soir à table, elle a prononcé le nom de Langlois en regardant le docteur, et en lui offrant un délicieux mimosa qu'elle avait cueilli. Rodolphe de Nanteuil est devenu l'un des premiers lions de cette ville sans vin et sans soleil qu'on nomme Londres. Il promène en calèche et dans le loges d'Opéra une sorte de mannequin enrubanné de couleurs aussi tranchantes que l'arc-en-ciel : c'est sa femme, lady Aminthe Warwick.

Si vous allez à Brighton, en vous dirigeant par Church-Street, vous atteindrez aisément un plateau sur lequel s'élève à pic l'église paroissiale. A côté de l'église et dans le cimetière, il y a une petite croix qu'un Anglais a fait planter ; cet Anglais, c'est sir Robert, le seul qui vienne prier parfois sur cette tombe. Il y a dessus cette simple inscription : ***A Langlois, baigneur de Dieppe.***

ROGER DE BEAUVOIR.

FIN.

www.ingramcontent.com/pod-product-compliance
Ingram Content Group UK Ltd.
Pitfield, Milton Keynes, MK11 3LW, UK
UKHW020453180726
13839UKWH00004B/1799